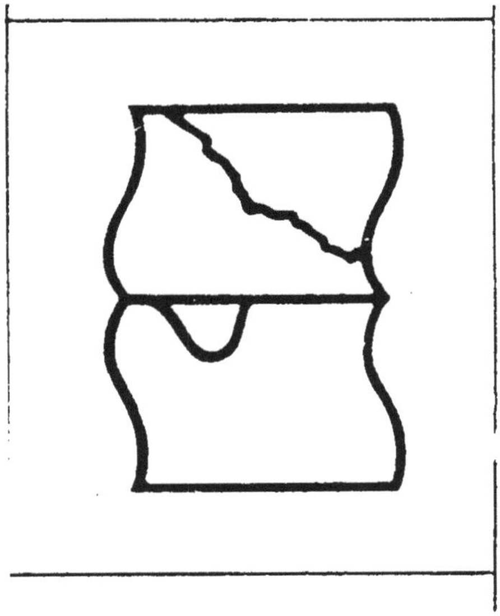

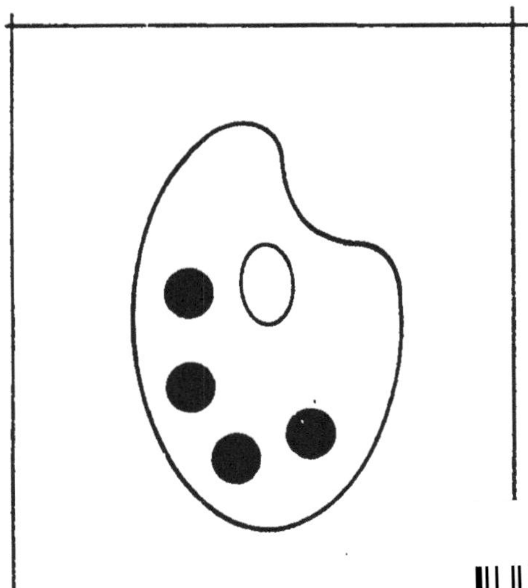

LES

VIVARAISES

RECUEIL DE POÉSIES

PAR

TH. ROYER

Le seul et vrai moyen d'assouvir sa vengeance
C'est d'aimer d'un amour profond son ennemi.
Th. ROYER.

PRIVAS
IMPRIMERIE A. POREAUD, 4, BOULEVARD DU PALAIS
1885

LES VIVARAISES

LES VIVARAISES

RECUEIL DE POÉSIES

PAR

TH. ROYER

PRIVAS

IMPRIMERIE A. POREAUD, 4, BOULEVARD DU PALAIS

1885

PRÉFACE

A Monsieur N.

MONSIEUR,

C'est devant l'insistance d'un grand nombre de mes amis que je me suis décidé à publier ce petit recueil de poésies.

Je vous le dédie. Les pièces qui composent ce volume ont été écrites comme elles ont été senties et pensées, sans unité, sans liaison, sans suite. C'est de la poésie intime, comme chacun en fait ou en rêve. Le vent n'est pas aujourd'hui de ce côté, me dit-on. C'est vrai, mais qu'importe. Dans ce gâchis d'idées se heurtant, parmi ces partis luttant avec fureur, parfois avec rage, s'entredéchirant pour ne satisfaire le plus souvent que de grossiers appétits, au milieu de ce siècle où le matérialisme coule à pleins bords, ne faut-il pas qu'il y ait de loin en loin quelque âme délicate qui soit éprise d'idéal ?

D'ailleurs, la poésie est éternelle comme l'humanité. Tant qu'il y aura des gens qui s'attacheront à la patrie, qui jouiront des joies ineffables de la famille, qui aimeront, qui souffriront, qui pleureront, il y aura quelque homme pour chanter la sainteté du pays natal, la joie, la souffrance, la douleur : cet homme-là c'est le poète.

Le poëte est donc un homme dont l'âme vibre à l'unisson de toutes les vibrations de l'âme de chacun de ses semblables, et par dessus un homme de paix, un homme d'amour, un homme de pardon ; mais il est plus et mieux encore : il est un homme de lutte et de sacrifice.

Au milieu de notre société si corrompue, où la plupart des individus n'ont d'autre soif que la soif de l'or et des jouissances toutes matérielles qu'il procure, où tout ce qu'il y a de plus sacré est souillé, avili, outragé ; où le cruel scepticisme envahit tous les cœurs ; où le doute amer s'empare de toutes les âmes ; où le vice est encensé, tandis qu'on se rit et se raille de la vertu ; où l'état crépusculaire du moment se change peu à peu en une nuit où l'on ne voit pas encore percer d'aube, le poëte, sentinelle vigilante, doit rester debout l'arme au bras.

Prendre le parti des petits, des faibles, des humbles, des déshérités, briser le fer des opprimés, sympathiser avec les malheureux, défendre le droit, combattre l'erreur, tenir haut et ferme l'étendard de la vérité, et cela envers et contre tous, voilà son devoir, et ce devoir il doit le remplir jusqu'au bout, coûte que coûte.

Devant le mal triomphant, il doit se rappeler qu'il est le vengeur du droit opprimé devant le ricanement du doute et les clameurs de l'injustice il doit proclamer bien haut, lui, l'apôtre de la vérité qu'il y a une justice éternelle qu'on ne peut violer impunément, et qui atteint le coupable tôt ou tard.

Et il doit être d'autant plus ferme et ardent dans la sainte lutte qu'il soutient, qu'il est non de ceux qui doutent, mais de ceux qui croient, non de ceux qui nient, mais de ceux qui affirment et de ceux qui espèrent.

Ajoux, 21 Septembre 1885.

LES VIVARAISES

I

ACROSTICHE

Venez chez moi, vous tous en proie à la souffrance,
A mes limpides eaux venez vous raffraichir ;
Leurs puissantes vertus savent souvent guérir.
Sur mes bords enchantés repose l'espérance.

Vals, août 1888.

II

VALS-LES-BAINS

Coquettement assise auprès de la Volane,
Je repose tranquille au doux bruit de ses eaux
Je suis riante et fière ainsi qu'une sultane,
J'ai l'odorant tilleul, j'ai l'opulent platane,
M'ombrageant de leurs verts rameaux.

J'ai de nombreux chalets, j'ai des villas charmantes,
Dans mes parcs gracieux, j'ai des touffes de fleurs;
J'ai de beaux pavillons, j'ai des femmes aimantes,
J'ai des enfants joyeux, des vierges souriantes,
J'ai mille charmes séducteurs !

Jaillissant du rocher, coulant fraiche et limpide,
J'ai de l'eau bienfaisante apaisant le chagrin;
J'ai des fronts radieux qu'aucun souci ne ride;
J'ai des cailloux polis par une onde rapide,
Roulant ses flots purs dans mon sein.

J'ai mon château moderne aux brillantes tourelles,
N'ayant ni pont-levis, ni beffroi, ni créneaux;
J'ai de longs boulevards, j'ai des places bien belles
J'ai des bains, j'ai des quais : créations nouvelles
A la base de mes coteaux !

J'ai, superbe geyser, ma source intermitente,
Offrant aux spectateurs un effet merveilleux.
Voyez : elle s'élève en gerbe bondissante,
Fait des ressauts sans fin, puis retombe écumante
Sous le regard des curieux !

Comme un cirque géant, ma vallée encaissée
S'entr'ouvre, élargissant ses beaux flancs arrondis :
Et sur mes coteaux verts à la cime élancée,
Où croit tout en grimpant la vigne entrelacée,
Les regards reposent ravis !

J'ai de plus mes prés verts, mes bois frais, mes eaux vives
Mon climat calme et doux, mon ciel bleu, mon air pur,
Et mes blanches maisons reposant sur les rives
De mon charmant ruisseau dont les ondes plaintives
S'écoulent en beaux flots d'azur !

Bel enfant étranger, à la bouche vermeille,
Viens, sur mon frais gazon, te livrer à tes jeux;
J'aime entendre ta voix bruire à mon oreille,
Parmi mes chants d'oiseaux, mes murmures d'abeille,
Viens mêler ton rire joyeux !

Et vous, oh venez donc jeune fille rieuse !
J'ai pour vous des plaisirs innocents et bien doux
L'on rêve le bonheur dans ma vallée ombreuse
Venez : ainsi que vous je suis pure et joyeuse,
Et je suis belle comme vous !

Sous mes bosquets si frais, sous mes vertes allées,
Brillante comme l'aube au point d'un jour serein,
Venez répandre ici vos grâces non voilées;
Avec tant d'autres voix à la votre mêlées,
Venez chanter dès le matin !

Bel homme au front si fier, sur mes vertes pelouses,
Venez presser du pied mes herbes et mes fleurs !
De tous je suis la sœur, ne craignez rien, épouses :
L'on peut m'aimer sans voir que d'autres soient jalouses,
Je ne fais point verser des pleurs !

Vous dont la chaste vie en flots d'amour s'épanche,
Vous dont le cœur s'entr'ouvre aux suprêmes douceurs,
Sur le front d'un ami vous dont le front se penche,
Vous pour qui tout sourit, vous dont la main si blanche
Cueille les fruits après les fleurs !

Venez aussi chez moi charmante jeune femme :
Pour vous j'ai la fraîcheur de mes parcs sinueux,
Et des sites riants où le regard s'enflamme,
Et des parfums bien doux pour enivrer votre âme,
Et la pureté de mes cieux !

Et vous enfin venez vieillard que l'âge ploie
— Père au cœur inquiet ou veuve sans espoir —
Vous dont l'âme angoissée est fermée à la joie,
Vous de douleurs sans fin la victime et la proie,
Vous pour qui bien sombre est le soir !

Mes sourires d'enfant rendent à la vieillesse
Un peu de joie, hélas ! elle en a grand besoin.
Quand l'homme en cheveux blancs dans sa course se presse
Pour adoucir sa marche et calmer sa tristesse,
Il faut des fleurs sur son chemin !

L'on est si bon chez moi : soit qu'à l'aube vermeille
Sur la branche posé du marronnier en fleurs,
Secouant l'aile au vent le jeune oiseau s'éveille,
Tandis qu'à chaque fleur vient se pendre une abeille,
Et que sourit l'aurore en pleurs !

Alors qu'un bruit si doux incessamment s'élève
Du bas de ma vallée et monte au ciel si pur,
Quant tout brille ou reluit au soleil qui se lève,
Quand je sors de la nuit comme l'enfant d'un rêve,
Beau cygne dans un lac d'azur !

Soit que, dans la soirée, une brise embaumée
Répande autour de moi le parfum de mes fleurs,
Tandis que les oiseaux chantent sous la ramée,
Une voix du milieu de la foule animée
S'élève alors montant des cœurs !

Voix bénie, encens pur, que l'âme rend à l'âme,
Chuchotement joyeux et tendre du bonheur,
Bruit plus doux qu'au matin le doux bruit d'une rame
Fendant la mer à l'heure où l'orient s'enflamme,
Et que manie un gai rameur !

Ah ! c'est qu'ici, jamais bavant sur l'inocence,
Le vice, serpent vil, ne rampe auprès des cœurs,
Venant flétrir, encore à son berceau, l'enfance,
Souillant de son venin — timides sans défense —
Les fraîches et fragiles fleurs !

Ici l'on ne voit pas de ces femmes étranges,
Au regard insolent, qui vendent la pudeur,
Traînant, roulant leur vie en de bien noires fanges,
Préférant l'impur rire au sourire des anges,
A l'amour... le veuvage au cœur !

D'autres parmi mes sœurs ont de ces tâches d'ombre
Qui salissent le bas de tout riant tableau,
Et rendent quelquefois un coin du ciel bien sombre.
Pauvres êtres perdus — trop grand en est le nombre —
Ricanant au fond d'un tombeau.

Non. Chez moi tout est vie et paix, joie et franc rire,
Tout est ombre et fraîcheur, repos et tendre amour,
Chez moi l'on est heureux, chez moi l'on y respire
Quelque chose qui calme l'âme et fait sourire.
Oh ! je suis sur un bien beau séjour !

6 Juillet 1882.

III

AU HAUT DE Ste-MARGUERITE

Ici l'on n'entend pas les vains bruits de la terre,
Ces étranges rumeurs d'où suinte tant de fiel !
Ici l'on y respire un air plus salutaire,
Ici l'on y ressent quelque chose du ciel !

30 Juillet 1883.

IV

AU DOCTEUR TOURETTE

De Vals encore enfant, bon ange tutélaire,
Protecteur plein d'amour, doux ami, tendre père,
Tu la berçais gaiement ta ville en son berceau,
De soins tendres, touchants, entourant son enfance,
L'endormant aux accents si doux de l'espérance,
Comme au bruit du zéphir s'endort le jeune oiseau !

Dans tes désirs ardents, dans tes plans, dans tes rêves,
— Pareille à l'alcyon s'élevant sur les grèves
Fendant des flots d'azur et montant vers le ciel —
Tu la voulais, ta ville, et fière, et grande et belle,
Ton long et doux regard se reposait sur elle,
Lorsque tu butinais pour lui laisser ton miel !

Grand lutteur, homme droit, nature généreuse,
Existence agitée, et cependant heureuse,
(L'homme est toujours heureux quand il fait son devoir)
Combattre avec ardeur et toujours sur la brèche
Fut ta tâche, bravant la fortune revêche,
Te prodiguant à tous, donnant sans recevoir !

Je crois te voir encor : ta longue barbe blanche
Flottant sous ta figure empreinte de souffrance
— Neige pure agitée au caprice des vents ! —
Ton front large et pensif, battu par la tempête
Qui pendant si longtemps vint gronder sur ta tête,
Serein sous la douleur, calme sous les autans.

Ta bouche — d'où coulait ta prose poétique, —
Souriante toujours ; ton cœur si sympathique ;
Ton regard attristé, mais pourtant tendre et doux ;
Au milieu des chagrins, ta belle âme tranquille;
Ton aspect imposant, quand passant par la ville
Méritant le respect, tu l'inspirais à tous !

Usé par les labeurs, amaigri par les veilles,
Tu travaillais encor — décrivant les merveilles
Du pays de ton choix ou calmant la douleur —
Quand la mort vint te prendre à ta moisson féconde :
Incompris d'ici-bas, pauvre des biens du monde,
Mais plus qu'aucun de nous riche des dons du cœur !

Tu n'es plus maintenant ! tu dors dans la poussière !
Champion du devoir, brave cœur, âme fière !
Et suprême ironie, et suprême douleur,
Ta tombe est seule et froide, et triste et délaissée,
Pas un seul souvenir à ta grande pensée,
Au bord de ton sépulcre, oh ! pas même une fleur !

27 Juillet 1883.

V

ÉCRIT SUR UN ALBUM

Voyageur ici-bas, l'homme apparait et passe,
Prenant à peine pied dans ce frêle séjour,
Et ne laissant de lui, dans l'ombre où tout s'efface,
Qu'un rêve inassouvi fait d'espoir et d'amour !

30 Juillet 1883.

VI

LA VIERGE DES CHAMPS

Voyez-là dans les champs : ô ciel comme elle est belle !
Leste comme un coursier, semblable à la gazelle
Joyeuse elle se livre à mille et mille ébats.
Elle promène au loin sa course vagabonde ;
Elle passe et revient, disparaît comme l'onde,
En froissant des fleurs sous ses pas.

Traversant monts et bois au gré de ses caprices,
Parfois elle s'arrête au bord des précipices,
Sonde d'un œil tremblant ces endroits dangereux ;
Puis revient en courant rejoindre ses compagnes.
Et, reprenant son vol à travers les campagnes,
Se donne des airs gracieux.

C'est une fleur d'avril à son printemps éclose,
Blanche comme le lis, fraîche comme la rose,
Pure comme l'azur, chaste comme les cieux,
Douce comme un parfum qui s'élève à l'aurore,
Fière comme au matin quand le soleil la dore,
La montagne aux flancs anguleux !

Parfois elle s'assied sur la pelouse verte :
Son regard erre au loin, et la bouche entr'ouverte,
Elle entonne à voix basse un chant mélodieux :
Chant de joie et d'amour, chant d'extase et d'ivresse,
Chant de paix, de bonheur, chant de vive allégresse,
Hymne saint et mystérieux !

Parfois le front rêveur comme une âme qui pense,
Elle semble écouter un bruit dans le silence :
— Est-ce le chant plaintif et doux d'un jeune oiseau
Est-ce le léger bruit du souffle du zéphire ?
Le frisson de la plante ou la voix d'une lyre ?
Ou le murmure du ruisseau ?

Non. Cette voix qui vient de frapper son oreille
— Pour elle, voix qui n'est à nulle autre pareille,
Voix d'un être qu'encor son cœur seul a nommé,
Voix qui la fait pleurer, voix qui la fait sourire,
Voix qui fait qu'elle attend, rêve, espère et soupire, —
C'est la voix de son bien-aimé.

Oh ! que surtout alors la jeune fille est belle !
Sur son front de seize ans, que de grâce ruisselle !
Ses traits semblent voilés d'une sainte pudeur;
Une chaste rougeur colore son visage
Comme de l'inocence elle est la douce image,
La vierge en rêvant le bonheur.

VII

Alors qu'on a vingt ans, que l'on est jeune et belle,
Que mille rêves d'or font tressaillir le cœur,
Que l'avenir sourit, que le présent recèle
Ce miel délicieux qu'on nomme le bonheur

Que l'on n'a devant soi qu'un horizon immense,
Eclatant de lumière, et ruisselant d'azur,
Lorsque tout crie : amour, que tout chante : espérance,
Et que l'aurore est pure, et que le jour est sûr,

Il est bien beau sans doute, à cette heure ravie,
D'être la vierge heureuse, au front chaste, aux doux yeux,
D'être la fleur de mai, fraiche éclose à la vie,
L'ange qu'à notre terre ont envoyé les cieux.

Mais il est bien plus beau, plus tard, d'être la femme
Consolant, pardonnant, et se donnant à tous,
Faisant, en souriant, deux portions de son âme,
L'une pour ses enfants, l'autre pour son époux.

Ajoux, août 1888.

VIII

A MON AMI L.

Dans cette vie hélas ! de peine et de souffrance,
Oh ! laisse-toi guider par un rayon des cieux.
Espère , ici l'homme est en paix dans l'espérance
Rien n'obscurcit son cœur : s'il souffre, il souffre heureux.

Vals, le 3 août 1882.

IX

ACROSTICHE

A M. Lépine, avenue Parmentier, n° 2, Paris.

L épine, vous avez — escaladant la côte —
E mu, grimpé tout fier sur la montagne haute
P our voir et contempler notre horizon si beau.
I l vous semblait, sans doute, arrivé sur la crête,
N e rien plus voir d'en bas, dominer la tempête,
E t voler vers le ciel comme le fait l'oiseau.

20 Juillet 1882.

X

MISS

Je me rappelle qu'autrefois,
J'avais une blanche levrette,
Toujours attentive à ma voix,
Toujours aimante, la pauvrette.

Elle avait le museau mignon,
Le poil fin, la taille pimpante ;
Et « Miss » était le joli nom
De cette bête si charmante !

Quand j'étais assis près du feu,
Mis reposant sur une chaise,
Dès que je remuais un peu,
Elle n'était plus à son aise.

Elle avait l'air tout soucieux,
Faisait le guet, prêtait l'oreille,
Cherchant à lire dans mes yeux.
— Elle est à naître la pareille !

Comment fut-elle en mon pouvoir ?
Comment en devins-je le maître ?
C'est facile de le savoir :
Je vais vous le faire connaître.

Un beau jour, un de mes amis
Vint me voir, — c'était un dimanche —
Etant accompagné de Miss,
De Miss notre levrette blanche.

Cet ami voulait la noyer.
Je lui dis : « ce serait dommage »
Et depuis lors à mon foyer,
Nous fîmes ensemble ménage.

Quand elle me voyait sortir,
Bien loin de rester la dernière,
Sans qu'on lui dise de partir,
Elle courait vite première.

Et me suivant dans les vallons,
Sur la montagne ou dans la plaine,
Elle chassait les papillons,
Sautait, gambadait, hors d'haleine.

Puis s'empressait de revenir
Vers moi joyeuse et l'œil en flamme.
Aussi, comme son souvenir
Est resté vivant dans mon âme !

Ma femme et mes enfants parfois,
Lui disaient : « Aujourd'hui c'est fête,
Allons, sortons tous à la fois,
Nous promènerons levrette ! »

Alors, il vous fallait la voir,
Caressant l'un, caressant l'autre...
Mainte duchesse sans l'avoir
Eût donné tout : elle était nôtre !

Mais le matin d'un certain jour,
Derrière le seuil de ma porte,
— Nous ayant quitté sans retour —
Nous la trouvâmes froide et morte.

Le regret et l'angoisse au cœur,
Dans le jardin nous l'enterrâmes ;
Et comme en quittant une sœur,
Tous une larme nous versâmes !

Bien que n'étant qu'un animal,
On pourrait l'avoir pour modèle :
Elle ne fit jamais le mal,
Et fut douce, bonne et fidèle.

Ajoux, le 23 février 1884.

XI

LE VALLON SOLITAIRE

Bien souvent loin de l'homme au milieu du silence,
Je viens errer ici dans tes réduits mouvants,
Beau vallon. Tu me rends la joie et l'espérance,
De mon cœur déchiré tu calmes la souffrance
Me berçant au bruit de tes vents.

L'homme orgueilleux te fuit, car il aime le monde;
Tes plaisirs innocents ne sont pas ses plaisirs
De cités en cités sa course vagabonde
Passe comme les flots, s'écoule comme l'onde,
Traînant ses vaniteux désirs.

Hélas ! il ne sait pas que sous ton vert feuillage,
Parmi tes bois touffus respirant la fraîcheur,
Ecoutant de l'oiseau le tendre et gai ramage,
Contemplant l'horizon ou rêvant sous l'ombrage,
L'homme y trouve la paix du cœur.

Hélas ! il ne sait pas que loin du bruit des villes,
Seul, ignoré dans l'ombre, on goûte le bonheur,
Qu'il est d'autres réduits, qu'il est d'autres asiles,
Que ne troublent jamais, ni les guerres civiles,
Ni les chaînes de l'oppresseur.

Où s'écoule la vie en un joyeux mystère,
Où le présent sans crainte entre dans l'avenir,
Où l'homme, en traversant sa carrière éphémère,
Loin des plaisirs mondains, décevante chimère,
Passe sans amer souvenir.

XII

LA JEUNE ALLEMANDE
AU
PRISONNIER FRANÇAIS

L'on dit autour de moi que la guerre est finie
Et j'entends retentir déjà de toute part,
Des chants de paix, d'espoir, une douce harmonie;
Mais rien ne peut troubler ma longue rêverie,
        Car moi je songe à ton départ.

Oh ! c'est que je t'aimais noble enfant de la France;
Ton tendre et beau regard était pour moi les cieux
Sans toi, plus de bonheur, sans toi plus d'espérance,
Je finirai mes jours dans l'ombre et le silence
        Si tu quittes bientôt ces lieux. . . . . .

Jadis avec horreur mon âme entendait dire :
L'étranger est maudit, l'étranger est méchant ;
Mais un jour je te vis : sur ton front je pus lire
La douceur et l'amour, et ton joyeux sourire
Était beau comme l'Orient.

Depuis ce jour, hélas, je t'ai donné ma vie ;
Je ne vois que toi seul, je n'adore que toi.
Ah ! ne crois pas au moins que jamais je t'oublie.
Pourquoi m'abandonner? reste je t'en supplie,
Oh ! ne t'éloigne pas de moi.

Peut-être en ton pays, quelque vierge plus belle,
Pour renaître à l'espoir, n'attend que ton retour.
Mais moi, je t'aimerai, je t'aimerai comme elle ;
Je serai douce et bonne, et joyeuse, et fidèle,
Et j'apprendrai tes chants d'amour.

Du parfum de ta voix, toute mon âme est ivre.
Je rougis à ta vue en rêvant le bonheur.
Si tu ne peux rester, va, laisse-moi te suivre,
Car sans toi désormais je ne pourrai plus vivre,
Puisque tu m'as ravi le cœur.

Cette poésie a été composée à la fin de la guerre de 1770-71.

XIII

LEVER DU SOLEIL

L'Orient tout en flamme annonce sa venue.
La terre l'attendait : le ciel s'en réjouit.
Il paraît : ses rayons ont dissipé la nue,
Et devant son front d'or mon regard s'éblouit.

Sous sa brillante face a changé la nature;
Les champs ont revêtu de riantes couleurs;
Les bois, les prés voisins ont repris leur parure;
Et de la triste nuit il a séché les pleurs.

Salut, ô beau soleil, divin flambeau du monde,
Astre du jour naissant, roi de cet univers,
Salut à la clarté précieuse et féconde,
Que tu répands au loin sur la terre et les mers.

XIV

ÉCRIT SUR L'ALBUM D'UNE FEMME

Jour à jour ici-bas passe et s'en va la vie,
Comme s'envole, hélas ! feuille à feuille la fleur.
Pendant ce court passage, oh ! qu'heureuse et bénie,
La femme qui répand en flots d'amour son cœur.

XV

LE MATIN D'UN JOUR DE PRINTEMPS

Comme il fait beau, comme la brise est douce,
Comme tout est calme et silencieux !
Dans le ravin, comme est fraîche la mousse,
D'un vif azur, comme brillent les cieux !

Que l'air est pur ! Qu'est belle la nature !
Que le ruisseau murmure lentement !
Comme les champs se couvrent de verdure !
Comme tout est dans le frémissement !

L'œil perce au loin se noyant dans l'ivresse
De ce beau jour de renouvellement ;
Et l'âme aussi nage dans l'allégresse,
Car tout est vie, et tout est mouvement !

XVI

LA FRATERNITÉ

. . . .
. . . .
. . . .
. . . .

Noble fille des cieux, ton règne doit venir
Espérons..... Confiance et foi dans l'avenir.

⁂

Oh ! ces jours se feront sans doute bien attendre,
Car avant il nous faut réduire tout en cendre :
Les vieilles lois, les mœurs, les superstitions,
Rendre à la vérité l'éclat des fictions ;

Mais le progrès toujours entraînant dans l'abîme
Quelqu'un des préjugés, nous montre quelque cime.

⁂

Alors ce sera beau : les infâmes forfaits
Ne viendront plus troubler cette sublime paix.
Plus de jours malheureux après les jours de fête,
Plus de crimes cachés au fond des oubliettes ;
Plus aucune vengeance et plus de désespoir,
Plus d'hommes préférant l'injustice au devoir,
Plus de fers, de liens, d'oppression cruelle,
Plus de funèbres nuits, mais une aube éternelle.
Oh! je souris d'avance à l'aspect de ce jour,
Où tout ne sera plus que justice et qu'amour.

XVII

> Hélas! que j'en ai vu mourir
> de jeunes filles!
>
> V. HUGO.

Voyez-vous s'avancer d'un pas silencieux
Ces filles à l'air triste, ayant des pleurs aux yeux,
Couvertes d'une robe blanche,
Soutenant d'une main quelque chose de cher,
Entouré d'un drap noir de fleurs tout recouvert,
Et de l'autre leur front qui penche.

C'est un convoi funèbre, un cortège de deuil;
Ce sont de jeunes vierges portant un cercueil,
Rendant une sœur à la terre.
Elle était belle et pure, elle était jeune encor,
D'espoir elle faisait sourire, mais la mort
L'a bien vite prise à sa mère.

La joie et la douceur brillaient sur ses beaux yeux,
C'était un ange à peine descendu des cieux.
C'était une blanche colombe.
Elle n'avait encor que d'innocents désirs,
Et c'est en se livrant à ses jeux, doux plaisirs,
Hélas ! qu'elle a trouvé la tombe.

Sans crainte ni douleur, sans ennui ni regret,
Dans ses joyeux ébats, comme elle souriait.
Pour elle, oh ! la vie était belle.
Elle n'est plus, hélas. Combien de jeunes fleurs,
Au soleil étalant aujourd'hui leurs couleurs,
Demain auront passé comme elle.

Jeunes filles pleurez, pleurez, pleurez encor
Cette enfant, jeune sœur, morte à son âge d'or.
A l'âge où l'on a tous ses charmes
Beauté, tendresse, amour, innocence et bonheur
Grâce, paix, pure joie ineffable douceur,
— Oh versez un torrent de larmes.

Pleurez non son bonheur, car elle est dans les cieux,
— Beau chérubin vermeil au regard radieux,
A la voix douce harmonieuse,
Entonnant des élus le cantique éternel,
L'hymne des séraphins, sublime et solennel,
—Bien plus belle et bien plus heureuse.

Encore à son aurore, encore à ses beaux jours,
Doux plaisirs, jeux bruyants se succédaient toujours,
Tout était pure joie en elle.
Mais plus tard, les regrets, les ennuis, la douleur,
Auraient troublé son âme, auraient flétri son cœur,
Auraient courbé son front rebelle.

Car la vie à l'enfant n'est qu'un flot de douceurs,
On le voit souriant, il marche sur des fleurs,
Couvert d'une vive auréole.
Mais comme un bel oiseau, timide et passager,
Qui vient dans nos climats et fuit d'un vol léger,
Le bonheur parait et s'envole.

Ce qu'il vous faut pleurer, sans espoir de retour,
C'est la vertu, la paix, l'innocence et l'amour
Qui se sont enfuis de la terre
Ce qu'il vous faut pleurer, c'est cet âge ingénu,
Qui passe en un moment presque à peine aperçu
Comme un flot pur sur l'onde amère.

Comme le papillon, si fier de ses couleurs,
Vous allez effleurant de votre pied les fleurs,
Tout n'est pour vous que folle joie.
Vous riez, vous chantez, et vous ne pensez pas
Que c'est dans les plaisirs que bien souvent, hélas !
La mort vient surprendre sa proie.

De cette jeune enfant gardez le souvenir.
O pleurez, le regard tourné vers l'avenir,
Un jour vous passerez comme elle.
Elle était blonde et rose, heureuse comme vous,
Elle est morte au milieu des plaisirs les plus doux,
Oh ! pleurez en pensant à elle.

XVIII

LES PLEURS D'UNE MÈRE

L'autre jour, j'errais seul dans l'enclos solitaire,
Où sombrent quelquefois bien vite nos berceaux,
Tout à coup j'aperçus, dans ce champ funéraire,
Une ombre s'avancer au milieu des tombeaux !

Je m'approchai : c'était une femme, une mère,
Au regard triste, hélas ! qu'une larme obscurcit ;
Je lui dis tout ému : « Quelle douleur amère
Vous amène en ces lieux ? » Elle me répondit :

« Je n'avais qu'une enfant, belle comme une rose,
« Son sourire ingénu faisait tout mon bonheur,
« Mais hélas ! tendre fleur séchée à peine éclose
« Elle repose ici : — Qui dira ma douleur ?

Un jour qu'elle sautait sur la verte colline,
Cueillant le liseron pour en faire un bouquet,
Foulant le frais gazon dans sa marche enfantine,
Ou cherchant dans les champs le timide bluet.

J'admirais bien longtemps sa démarche si fière,
Ses yeux où scintillaient l'amour et la douceur,
Et sur son front qu'elle redressait en arrière,
Je lisais du regard sa joie et mon bonheur !

Tout à coup je la vois, pâle, le teint livide,
Revenir en courant tout en versant des pleurs,
Fixant sur moi les yeux, et de sa voix candide,
Disant : « Bonne maman, je me meurs ! je me meurs !

Je la prends dans mes bras, je rentre à ma chaumière,
Bien doucement, hélas ! je la mets dans son lit,
Mais baissant son regard et fermant sa paupière,
Elle soupire et meurt. Tantôt qui l'aurait dit !

Ainsi, tous les espoirs qu'avait fondés sur elle
Une mère en son rêve et ses illusions,
Se sont évanouis comme fait l'éteincelle,
Je ne la verrai plus courir sur les vallons !

Maintenant tous les soirs je m'en vais sur sa tombe,
Répandre quelques pleurs et porter mes soupirs,
Chercher d'un long regard, dans l'ombre, ma colombe,
En berçant dans mon cœur ses tendres souvenirs !

Elle se tut. Et moi que tout sanglot de femme
Comme un glaive acéré vient me percer le cœur,
Moi, qui gémis toujours quand gémit une autre âme,
Et dont la sympathie est acquise au malheur !

Dans ce monde en tourment où souffrent tant de choses,
Où l'on a peu de joie et beaucoup de douleurs,
Je disais : O mon Dieu, pourquoi cueillir nos roses,
Pourquoi prendre à la femme aussi vite ses fleurs !

XIX

A MA MÈRE

Comme un rayon vivant de ta plus pure flamme,
Je brille radieux à la lumière, au jour,
Je suis une étincelle échappée à ton âme,
Je suis le fruit de ton amour !

Jadis lorsque j'étais bien petit, ô ma mère,
Tu posais sur mon front de ces baisers si doux,
Je vivais de ton lait, et de ta main légère,
Tu me berçais sur tes genoux !

Et te penchant sur moi, tu me faisais entendre
Des chants divins et doux, des chants harmonieux,
Aux accents de ta voix, si touchante et si tendre,
Je m'endormais tout radieux !

Ton œil, où rayonnait une tendresse fière,
Veillait sur moi pendant l'heure de mon sommeil,
Et, lorsque je rouvrais de nouveau la paupière,
Tu souriais à mon réveil.

Je jouissais alors d'un bonheur sans mélange,
Car mon âme était chaste et mon cœur était pur.
O ma mère ! j'étais alors un petit ange,
Et pour moi tout n'était qu'azur !

Ce temps s'est écoulé : L'aurore de la vie
Comme la fleur des champs n'a que bien peu de jours.
Tu n'es plus près de moi. Mais va, pour toi je prie
Et je t'aimerai bien toujours !

XX

A MADAME P...

Jeune encor, gémissant bien loin de ma chaumière
Où le sort m'avait appelé,
Lorsque d'amères pleurs roulaient de ma paupière,
Vous seule m'avez consolé.

J'aurais traîné sans vous une existence amère,
Je n'aurais eu que des douleurs.
Mais vous saviez, hélas ! me tenir lieu de mère,
Et me rendre mille douceurs.

Soyez bénie, ô vous qui calmiez ma souffrance,
Tendre et doux ange de bonté ;
Vous qui semiez des fleurs sur mon adolescence,
Vivante image d'amitié.

Oui, vous m'apparaissez, ô noble et sainte femme,
Pure comme un rayon des cieux ;
Et votre souvenir est gravé dans mon âme,
Comme un trésor bien précieux.

L'enfant infortuné peut oublier sa mère,
Le soldat flétrir son drapeau !...
Mais celle qui jadis adoucit ma misère,
Je l'aimerai jusqu'au tombeau.

XXI

Ne troublez pas mes pleurs ! silence !
Silence devant ce tombeau !
C'est là qu'en paix dort l'innocence,
C'est là qu'a sombré le berceau !

Bel astre encore à ton aurore
Pourquoi sitôt t'évanouir,
O seigneur puissant que j'adore,
Pourquoi me l'as-tu fait mourir !

Sans lui, je languis, pauvre mère,
Je n'ai plus ici de bonheur,
Je traîne une existence amère,
Et je m'éteins dans la douleur !

Hier encor sa bouche rose
Me bégayait des mots si doux,
Aujourd'hui mon regard morose
Ne le voit plus sur mes genoux !

Il est là, couché sous la tombe
Plaintes et regrets superflus ;
— A son nid revient la colombe,
Mais mon fils ne reviendra plus !

XXII

Ton souvenir parfois apparaît à mon âme,
Car il est des moments qu'on songe et se souvient ;
Mais mon cœur attendri vainement te réclame.
— Pourquoi m'as-tu quitté ? Ne t'aimais-je pas bien ?

Hélas ! bien jeune encor, aux sphères éternelles,
Tu t'envolas un jour pour ne plus revenir.
Sans doute, dans les cieux, quelque ange aux blanches ailes
T'emporta pour te faire un meilleur avenir.

Ton cœur était trop pur pour rester sur la terre,
Innocent vermisseau tu vis bien mieux ailleurs ;
Les anges t'ont porté dans le sein de ta mère,
Tes jours ne sont au moins plus arrosés de pleurs.

Maintenant loin d'un monde où tout est périssable,
Au milieu des élus, glorieux chérubin,
Ton regard plein d'amour et ta face adorable
Brillent d'un vif éclat sous le regard divin.

Ton front n'est pas souillé des vanités mondaines,
Tu n'as fait que passer sans gêne et sans douleur.
Loin des plaisirs trompeurs et des terrestres peines,
Dans le ciel ta patrie, oh ! jouis du bonheur !

Pourquoi pleurerions-nous encore sur ta tombe,
Puisque tes beaux yeux bleus sont souriants au ciel.
Heureux, heureux enfant, blanche et pure colombe,
La mort ne fut pour toi qu'un réveil éternel.

XXIII

LE CIMETIÈRE

Passants, versez tous une larme :
C'est ici que tout vient finir.
Pour vous, ce lieu n'a d'autre charme
Qu'un regret et qu'un souvenir !

Oh ! voyez comme dans ce monde
Tout est fragile et passager,
Comme au sein d'une nuit profonde
Tout s'engloutit d'un vol léger.

Hier encor plusieurs de ces frères
Étaient pleins de vie et d'espoir;
Aujourd'hui sous ces froides pierres
Ils dorment : pour eux tout est noir !

Devant ces dépouilles muettes,
En pleurant, tombez à genoux.
Devant la mort ,courbez vos têtes,
La mort, hélas ! si près de vous !

Bientôt dans ces retraites sombres,
Laissant à peine un souvenir,
Parmi bien d'éternelles ombres,
Vous aussi, vous irez dormir.

Passants, versez tous une larme :
C'est ici que tout vient finir.
Pour vous ce lieu n'a d'autre charme,
Qu'un regret et qu'un souvenir !

XXIV

A LA FRANCE

(ACROSTICHE)

F rance, réveille-toi, France ma bien aimée,
R ouvre aux clartés du jour ta paupière fermée,
A brège tes jours de douleur ;
N e vois-tu pas briller à l'horizon lointain,
C omme un point grandissant, l'espoir du lendemain,
E t sourire encor le bonheur !

XXV

A LA VIERGE DES BORDS DE LA VOLANE

Jeune fille des champs, naïve paysanne,
Fleur printannière éclose aux bords de la Volane,
Pourquoi ne ris-tu plus sous ton doux ciel d'azur ?
Regarde : autour de toi tout est beau, tout est pur,
Tout rayonne et sourit. La cascade bruyante
Roule sur les rochers son onde transparente,
Qui reluit et blanchit aux rayons du soleil ;
Sur les coteaux la vigne étale un fruit vermeil ;
Le moisonneur joyeux chante son chant sonore ;
L'alouette au ciel bleu s'élève à chaque aurore ;

*
* *

Le pâtre fait entendre au loin son chalumeau ;
La brise fait frémir doucement le roseau ;
La voix du chevrier, de colline en colline,
Va se répercutant, roule dans la ravine ;
La colombe roucoule, et les vierges, tes sœurs,
Montent en souriant les sentiers des chasseurs,
Lestes comme des faons, douces comme des biches;
Les gars de ton pays, du moins, s'ils ne sont riches,
Sont robustes et fiers, braves et généreux ;
Peut-être en te voyant déjà plus d'un d'entre eux
A senti tressaillir son cœur dans sa poitrine,
Et s'est tourné cent fois en montant la colline ;
Les dociles troupeaux s'en vont à l'abreuvoir
Repus ; et l'on entend, plus d'une fois, le soir,
Les échos d'alentour rouler dans le silence,
Et le refrain des chants, et le bruit de la danse.

*
* *

Mais ces charmes n'ont plus d'attrait pour ton regard,
Seule, et rêvant toujours, tu te tiens à l'écart.

*
* *

D'où vient que les beautés de la grande nature
Ne fassent plus aucune empreinte à ta figure;
Que les chants qui jadis réjouissaient ton cœur,
Le laissent froid ainsi que l'ombre la noirceur;
Que loin de te mêler à tes jeunes compagnes,
Tu restes seule au lieu de gravir les montagnes ;
Que lorsque près de toi passe un gai compagnon,
Tu ne rougisses plus à l'appel de ton nom ;
Et que, comme autrefois, sensible à la cadence,
Tu n'ailles plus tourner au millieu de la danse ?

*
* *

Et pourquoi tes regards, comme un fer à l'aimant,
Sont-ils au fond du val tournés obstinément ?

*
* *

C'est qu'un jour, au moment où notre ville en fête,
Revêt pour s'embellir sa plus riche toilette,
Où nos quais animés, où nos parcs sinueux
Font monter vers le ciel leurs murmures joyeux,

Où venant s'abreuver à nos fraiches naïades,
Tant d'étrangers divers peuplent nos promenades,
Au milieu de nos murs amenant avec eux,
Les bals étourdissants, les concerts et les jeux,
Et tous ces mille bruits que sur ses pas la foule
Comme la mer ses flots sans cesse traine et roule,
A ce moment enfin, où Vals, douce cité,
S'éveille en souriant fraiche de volupté,
Tu vins : et parmi nous entrevis comme en rêve,
Le bonheur radieux et le plaisir sans trêve.
Ce spectacle nouveau laissa tes yeux ravis,
Ton esprit enchanté, tes sens inassouvis,
Et depuis lors tu n'as, ô vierge émerveillée,
Que cette passion à ton âme éveillée :
L'amour de ce plaisir plein de fièvre et bruyant
Qui donne le vertige à tous en tournoyant.
Et depuis lors tu n'as, sans pitié pour ta mère,
Que ce désir au cœur : fuir loin de ta chaumière.

*
* *

Ah ! si tu connaissais, ô chaste et douce enfant,
Le gouffre de douleurs que le mal triomphant
Creuse dans les cités où le plaisir abonde ;
Si tu goûtais l'écume amère de cette onde ;

Si tu voyais le vice, effrontément moqueur,
S'étaler sans rougir, et narguer la pudeur
A tous les carrefours, à tous les coins de rue ;
Si tu voyais la faim aussitôt accourue,
Quand un festin superbe, en un palais doré,
Rend chaque convié repu, presque enivré,
Pâle et maigre, et la main de froid toute rougie,
Ramasser en pleurant les restes de l'orgie ;
Et sous ces vains plaisirs, toujours multipliés,
Si tu voyais, hélas ! tout ce qu'on foule aux pieds ;
Dans ce monde enfiévré, tu n'aurais plus envie,
D'aller passer tes jours, d'aller mêler ta vie,
Car parmi ces viveurs, riant de la vertu,
Tu tomberais ayant vainement combattu.
Quand la foule t'aurait ensuite, ô mon pauvre ange,
Fait rouler jusqu'au fond de son ruisseau de fange,
Et jeté, — comme on jette une ordure à l'égout —
Sans honneur et sans pain sur le pavé debout,
Trop tard alors pour toi ce serait pour apprendre,
Qu'au bonheur disparu, la foule ne sait rendre,
Que la honte parfois, que le mépris souvent,
Et que l'amour s'achète, et que l'honneur se vend.

.˙.

O rose de nos monts, ô blonde jeune fille,
Reste, reste, crois-moi, reste dans ta famille,

Reste à ton sol natal, ne quitte pas les lieux
Où vivent tes parents, où dorment tes aïeux,
Où s'écoula joyeuse et douce ton enfance,
Dans la paix, dans l'amour sans fin, dans l'innocence.
Ces vallons où les fleurs croissent à chaque pas,
Et ce ciel plein d'azur, oh ! ne les quitte pas.
Sois la vierge humble et douce, et bonne et vertueuse,
Tu deviendras plus tard l'épouse aimée, heureuse.

XXVI

JE NE LE VERRAI PLUS

Je ne le verrai plus ! — Encore à son enfance,
Pourquoi me l'enlever, lui, si fier et si beau,
Seigneur, quand il faisait ma plus ferme espérance.
— Je ne le verrai plus ! — Il repose en silence,
Il dort couché sous un tombeau !

C'était l'unique bien que j'eus sur cette terre,
Le repos de mon cœur, l'espoir de mes vieux jours.
Je vivrai maintenant comme fait l'étrangère,
Fléchissant sous le poids d'une douleur amère,
Et je le pleurerai toujours !

XXVII

UN SOUVENIR

Seigneur, pourquoi sitôt fis-tu mourir cet ange,
Cette enfant au cœur pur, cette vierge aux doux yeux !
Pourquoi quand son bonheur rayonnait sans mélange,
La ravir à la terre et l'enlever aux cieux ?

Pour elle, encor, la vie était à son aurore,
Son avenir s'ouvrait plein d'espoir et d'amour :
Mais le même matin qui l'entrevit éclore,
La vit aussi faner. Son printemps n'eut qu'un jour.

Son printemps n'eut qu'un jour. Comme la fleur trop fière,
Que brûle la gelée en avril bien souvent,
Et qui pâlit quand vient un rayon de lumière,
Et qui tombe aussitôt que souffle un léger vent !

De même elle sombra bien jeune dans la tombe ;
Son œil en souriant se ferma dans la nuit ;
Comme un parfum trop pur, cette fraîche colombe
Quitta vite la terre, et la quitta sans bruit.

Comme l'aube elle était sereine et radieuse,
Et du lis de nos champs elle avait la blancheur.
Tous ceux qui la voyaient disaient : « Quelle est heureuse !
O mon Dieu, garde-lui bien longtemps son bonheur !

« Il est si doux de voir scintiller une étoile,
« Au firmament profond, perçant des flots d'azur ;
« Il est si doux de voir transparente et sans voile
« Rayonner l'innocence à l'œil tranquille et pur. »

Jamais tant de rayons n'éclairèrent une âme,
Jamais tant de douceur jointe à tant de bonté,
Jamais tant d'innocence emplit un cœur de femme,
Jamais tant de candeur, tant de sérénité.

Mais un jour tout cela disparut de ce monde,
Comme un encens divin trop suave et trop pur ;
Ainsi le cygne, après s'être joué sur l'onde,
S'élève — sans toucher la vase — aux flots d'azur !

Loin du flot tournoyant de nos plaisirs étranges,
Loin du bruit énervant de nos vaines rumeurs,
Loin du gouffre maudit où s'entassent nos fanges,
Et d'où montent, hélas ! la souffrance et les pleurs !

Elle s'en est allée !... et son âme candide
A quitté sans effroi ce bas et sombre lieu.
Son front était sans pli, sa face était sans ride,
Pas de nuage encor qui lui voilât son Dieu.

Sa foi (foi d'humble enfant) naïve et confiante,
Ne s'était pas heurtée aux sarcasmes du jour.
Aucune illusion trompeuse et décevante,
N'avait troublé son cœur croyant et plein d'amour.

Mais, hélas ! bien souvent, Dieu prend à lui ces anges,
Que nos souffles plus tard terniraient sans retour,
Ces lèvres qui n'ont pas encor touché nos fanges,
Ces cœurs si transparents où palpite l'amour !

6

Sans doute qu'elle était comprise par avance,
Pour apparaître un jour et fuir le lendemain.
Non, Dieu n'a pas voulu du sceau de la souffrance,
Marquer ce front si pur, frais comme le matin.

Elle dort maintenant, sous une pierre grise !
Seulement quelquefois, en deuil et tout en pleurs,
Après avoir prié, près de sa cendre assise,
Une femme y dépose humblement quelques fleurs.

C'est sa mère... Une mère, hélas ! jamais n'oublie
L'humble enfant qui jadis faisait tout son bonheur,
Ce doux rayon qui vint illuminer sa vie,
Et que la froide mort prit si vite, oh ! douleur !

Avoir pendant vingt ans, comme une autre soi-même,
Vu grandir et sourire, espoir de l'avenir,
Un être gracieux et pur comme Dieu même,
Puis le voir s'en aller... Quel amer souvenir !

Aussi tout s'effondra sous elle, et puis dans l'ombre
Un abîme béant s'entr'ouvrit sous ses pas,
Lieu rempli jusqu'au bord d'une douleur bien sombre,
Qu'apaise un peu le temps, mais qu'il ne tarit pas !

Moi-même, l'autre jour, je vins près de sa tombe,
C'était un soir d'automne, un de ces soirs bien doux,
A l'heure où le soleil en s'allongeant retombe,
Et je restai longtemps, bien longtemps à genoux.

Je restai bien longtemps, et d'abondantes larmes,
De mes yeux obscurcis, coulèrent à longs flots.
« Pourquoi, mon Dieu, disais-je, avoir pris tant de charmes ? »
Et mon cœur déchiré poussait d'amers sanglots !

Déplorant le néant de l'humaine existence,
La brièveté des jours, la cruauté du sort,
Qui fauche sans pitié si vite l'innocence,
Je quittai cet endroit de tristesse et de mort.

Qu'il soit pour moi bien sombre, ou du moins sans nuage,
Cet inconnu pour tous, qu'on nomme l'avenir,
Toujours à mon regard flottera son image,
Et mon cœur gardera vivant son souvenir !

XXVIII

L'ENFANT

Dans ce monde, un enfant illumine la vie,
Il est le pur encens, et la sainte lueur.
Sitôt qu'il apparait à notre âme ravie,
Tout rose et souriant : Plus d'ombre sur le cœur !

Ajoux, 17 Juillet 1863.

XXIX

A MON CHARLES

Enfant, qui vins, — encore au printemps de ma vie —
D'un pur rayon d'amour, — grâce cent fois bénie —
Eclairer mon aurore, et dorer mon matin ;
Doux être si joyeux et si plein d'innocence,
Objet de tant d'amour et de tant d'espérance,
Bel ange au front serein.

Quand sur moi, ton regard, de sa si douce flamme,
Reflète la candeur et l'azur de ton âme,
Vase pur d'où s'échappe à longs flots le bonheur,
Quand ta bouche, toujours souriante et vermeille,
Se présente aux baisers, comme s'offre à l'abeille,
Dès l'aurore la fleur.

Comme la rose en mai, quand ta chaste figure,
S'épanouit en paix dans la grande nature,
Image douce à l'âme et consolante au cœur ;
Aux clartés du matin, quand ton front s'illumine
Comme le frais gazon qui couvre la colline,
Comme le lis en fleur.

Quand ta timide voix gazouille à mon oreille :
Douce chanson d'oiseau ! Frais murmure d'abeille !
Musique pure et tendre, enivrante rumeur !
Bruit qui charme le cœur en attendrissant l'âme,
De nos grandes douleurs, doux et puissant dictame,
Langage du bonheur.

Alors je sens vibrer, dans mon âme attendrie,
Des sentiments si doux, qu'en cet instant j'oublie
Ce que pour moi la vie a de sombre et de dur!
Un sourire aussitôt passe à travers mes larmes,
Oh ! qu'il est donc puissant le pouvoir de tes charmes,
Enfance au front d'azur !

XXX

A JULIA

Comme un encens bien pur, garde ton innocence,
Comme le lis des champs, conserve ta blancheur :
Quand une fois le vice a corrompu le cœur,
Sans joie et sans espoir s'écoule l'existence.

XXXI

LE SOMMEIL DE L'ENFANT

Couché sur les bras de ta mère,
Qui te soutient si tendrement,
Ferme lentement ta paupière,
Dors, mon enfant !

J'admirerai ta bouche rose,
Ton beau sourire et ta douceur,
Dors !... Sur le sein où tu repose
Est le bonheur !

Sur ton front que n'ont pas encore
Terni les soucis, la douleur,
Aussi jeune et frais que l'aurore,
Tout est candeur !

Gage d'amour et d'espérance,
Ne crains rien pendant ton sommeil :
Ta mère, douce providence,
Reste en éveil !

Les craintes sont pour un autre âge,
Celui-ci n'a que des douceurs.
De l'innocence belle image,
Dors loin des pleurs !

Trop tôt tu sauras que la vie
N'est que peines et que tourment,
Ton bonheur est digne d'envie,
Dors, mon enfant !

XXXII

Ici-bas l'homme lutte, et la femme soupire,
Quand sur eux, tout à coup, vient fondre le malheur.
Le jeune enfant ne sait, encor, lui, que sourire;
Son sourire, du moins, calme un peu la douleur.

XXXIII

ENCORE L'ENFANT

Avec son air naïf et son joyeux sourire,
Oh! regardez comme il est beau !
Sa mère le caresse, et son père l'admire,
Tous deux penchés sur son berceau !

Il a tous les atours, il a toutes les grâces
D'un jeune ange encore dans ses cieux ;
Et tout autour de lui comme il laisse des traces
D'une image bien douce aux yeux.

Son front fier et serein rayonne d'innocence,
De paix, d'amour et de douceur,
Son regard tendre, en nous, ranime l'espérance,
Et sa voix nous rend le bonheur !

XXXIV

A MES ENFANTS

Quand je vous vois tous deux, mes fraîches jeunes têtes,
Jouer auprès de moi souriants de bonheur ;
Quand pour vous d'ici-bas tous les jours sont des fêtes,
Temps heureux, où la vie est encor dans sa fleur !

Quand vos yeux sont remplis de douceurs infinies,
Quand votre âme est tranquille et votre cœur joyeux;
Quand de vos chastes voix montent mille harmonies ;
Quand vos cœurs sont sereins et purs comme les cieux ;

Quand sur le gazon vert, parfois assis ensemble,
Vous gazouillez galement comme au matin l'oiseau,
Couple heureux dont la face à la face ressemble,
Beaux anges échappés à peine du berceau ;

Quand, la main dans la main, vous courez dans la plaine,
Ecoutant tous les bruits, cueillant toutes les fleurs ;
Quand serrés l'un sur l'autre et mêlant votre haleine,
Vous semblez respirer le parfum de vos cœurs ;

Quand vos regards si doux, dont la flamme scintille,
Voltigent gais et purs, et tendres, et joyeux,
Et s'en vont radieux toujours à ce qui brille,
Et verdit, et rayonne, et sourit sous les cieux ;

Quand vos beaux chants naïfs s'unissent dès l'aurore,
Au bruit des autres voix qu'alors de chaque lieu :
— De la terre, de l'air, et de l'onde sonore —
L'on entend s'élever de la nature à Dieu ;

Quand vos âmes encor, comme deux sœurs jumelles,
S'abreuvent aux flots purs coulant d'un même amour;
Quand vos pas en marchant sur des routes fidèles,
Ont l'aube pour étoile et pour flambeau le jour ;

Quand vos esprits parfois, égarés dans vos rêves,
Parcourent un beau ciel tout rempli de saphirs ;
Quand sur votre océan, clair, limpide et sans grèves,
Vous voguez sans secousse au souffle des zéphirs ;

Quand pour vous le présent si doucement s'écoule,
Vous cachant l'avenir, ce terrible oiseleur ;
Quand votre souffle encor, non flétri par la foule,
S'envole en doux parfum, s'exhale en fraîche odeur ;

Quand réchauffés tous deux au même nid de mousse,
Gais et gentils oiseaux vous reposez en paix,
Pendant que votre mère, et si bonne, et si douce,
Veille, éloignant de vous tous les souffles mauvais ;

Quand votre voix, enfants, gazouille à mes oreilles,
Pure comme le son de l'airain dans les cieux,
Bruyante et gaie ainsi qu'un murmure d'abeilles,
Douce comme le chant d'un rossignol joyeux ;

Quand à genoux tous deux auprès de votre mère,
Les mains jointes ainsi que des anges bien beaux,
Vous récitez à Dieu votre même prière,
Vous éclairez votre âme à des mêmes flambeaux ;

Quand votre voix en nous produit un doux extase ;
Quand vous êtes l'étoile annonçant l'aube au jour;
Quand de tous les encens vous êtes l'heureux vase ;
Quand vous êtes les cœurs d'où s'épanche l'amour ;

Quand vous êtes le bruit; quand vous êtes le rire ;
Quand vous êtes la joie et le fourmillement;
De mille accords bien doux, quand vous êtes la lyre ;
Quand vous êtes la voix qui chante dans le vent ;

Quand tout — autour de vous — votre présence éclaire ;
Quand vous êtes l'aurore et sa fraîche douceur ;
Et le rayon d'en haut descendu sur la terre ;
Et l'aube blanchissante, et la sainte lueur !

Quand dans ce monde impur vous êtes l'innocence;
Quand vous êtes l'étoile empourprant l'horizon ;
Quand dans notre ciel gris vous êtes l'espérance ;
Quand vous êtes la fleur embaumant le gazon !

Quand de nos fronts brumeux vous dissipez toute ombre;
Quand votre grâce en nous met le ravissement;
Quand apportant la joie au sein de tout seuil sombre,
Vous chassez la tristesse...., et rien qu'en souriant !

Quand couverts de rayons vous traversez le monde,
Sans salir votre robe et sans mal faire encor;
Quand de notre moisson pénible, mais féconde,
Vous êtes l'humble fleur aux beaux pétales d'or !

Dans ce monde incertain, quand vous êtes le phare
Que Dieu lui-même place au milieu de nos jours ;
Quand vous êtes d'ici la bruyante fanfare,
Qui ne se tait jamais, et qui charme toujours !

Quand vos beaux yeux si vifs, ces doux reflets des âmes,
Lancent tous leurs rayons et jettent tous leurs feux;
Quand vous rendez tout gai, vous les anges des femmes,
Vous les joyaux de l'homme, — Alors je suis heureux !

Alors je suis heureux, et mon front s'illumine ;
A votre ardent foyer, se réchauffent mes jours ;
Je redresse plus haut ma tête qui s'incline
Parfois. Et je souris, ô mes chères amours !

Ajoux 1883.

XXXV

Un grand vent vient parfois souffler parmi les hommes,
Ebranlant cette terre à de certains moments,
Et sur l'horizon noir de la terre où nous sommes,
Un affreux tourbillon soulève les vivants !

Pris par cet ouragan mugissant de ce monde,
Emportés par les flots de ces vaines clameurs,
Ballottés, frêle esquif, dans cette mer immonde,
Souillés par ses plaisirs, flétris par ses rumeurs ;

Dans nos sentiers brumeux, ne voyant plus la route,
N'ayant plus de fanal pour nous conduire au port,
Voilés par le trop d'ombre, assiégés par le doute,
Pliant sous le fardeau, succombant sous l'effort.

Qu'il est beau, dans la nuit, quand se rompent nos voiles,
Quand nous voguons perdus en proie à tous les vents,
D'entrevoir tout à coup — radieuses étoiles —
Rayonner dans la brume un beau groupe d'enfants !

Qu'il est doux de sentir un rayon de sa flamme,
En devenant vivant faire vibrer le cœur,
Qu'il est doux de pouvoir contempler une autre âme,
Faite de ce qu'on a de plus pur, de meilleur !

Que ferions-nous sans vous, colombes gracieuses !
Sans vos airs si charmants, sans vos regards si doux,
Et sans le frais babil de vos bouches rieuses,
Perles hors de tout prix, que ferions-nous sans vous !

Il faut l'aurore au jour, l'étoile à la nuit sombre
Au printemps le doux nid où gazouille l'oiseau,
Dans les sombres halliers le bruit de voix sans nombre,
Au désert l'oasis, au foyer le berceau !

Ajoux, 1884.

XXXVI

A MA SŒUR

Oh ! que je suis content de te voir ma Julie,
Comme te voilà belle et te voilà grandie !
L'enfant à chaque instant, comme l'étoile aux cieux,
S'élève en devenant toujours plus radieux ;
Tantôt tu n'étais qu'une fleur à peine éclose,
Te voilà maintenant une charmante rose ;
Tantôt nous sourions à tes pas chancelants,
Et tu viens d'accomplir déjà tes dix-huit ans !

∴

Dix-huit ans, ô ma sœur ! cela c'est un bel âge !
Sur ton front radieux est empreinte l'image,

De la paix, de l'amour, de l'immense douceur ;
Ton tendre et beau regard rayonne de candeur ;
Sur ta bouche repose un gracieux sourire,
Qui chasse la tristesse et fait vibrer ma lyre ;
Ton âme est fière et noble, et ton cœur chaste et pur ;
Tu brilles d'un éclat aussi vif que l'azur ;
Ton attente est l'espoir, et ton bien l'innocence ;
Sans regrets, sans douleur, tu coules l'existence ;
Tu répands sur nous tous, la grâce et la bonté,
Et le bien doux parfum de ta sérénité ;
Belle et charmante fleur, encore à ton aurore,
Un pur rayon des cieux t'éclaire et te colore;
Tout n'est pour toi que paix, que bonheur et qu'amour :
Sois heureuse, ô ma sœur, et jouis de ce jour!

* * *

L'avenir voilera plus tard ta destinée,
La fraiche fleur parfois est bien vite fanée,
La vie, en s'accrochant aux ronces du chemin,
Se creuse bien souvent un amer lendemain ;
D'un pur bonheur, hélas ! naissent souvent les larmes ;
Après les jours sereins, arrivent les alarmes;
Malgré tous ses rayons, le jour mène à la nuit ;
Le soleil disparait et la clarté s'enfuit,
Quand un nuage obscur plane dans l'étendue,
Et le ciel bleu se cache alors à notre vue ;

Le matin tout sourit et de joie et d'espoir,
Tout brille et tout verdit : Puis l'ombre vient le soir,
Tout couvrir de ses plis et de ses sombres voiles ;
Mais lève l'œil en haut, regarde les étoiles !
De quelque part toujours quelque rayon vermeil
Paraît en attendant le sublime réveil.

. . . .
. . . .
. . . .
. . . .

*
* *

Quand le malheur viendra, quand l'épreuve cruelle
Pèsera sur ton cœur, semblable à l'hirondelle,
Prends ton vol, va chercher un horizon lointain,
Où souffle toujours l'air frais et pur du matin.

*
* *

Que fait au malheureux une affreuse existence,
Quand dans l'espace bleu, dans l'étendue immense,
Derrière la nuit sombre, il voit briller le ciel !
Et qu'est-ce qu'un point noir dans l'azur éternel !

La Linguette 1871.

XXXVII

ÉCRIT SUR L'ALBUM D'UNE JEUNE FILLE

Belle fleur du printemps, encore à votre aurore,
Vous êtes fraiche et pure ainsi que le matin,
Vous êtes l'ange doux et charmant qu'on adore,
Vous êtes l'être aimé qui rend le front serein.

XXXVIII

LE JEUNE OISEAU

Que t'a-t-il fait, petit enfant volage,
Ce jeune oiseau, pour le faire souffrir ?
Pourquoi te plaire à tirer son plumage ?
Tu le feras sans nul doute périr !

Pauvre innocent ! bien faible créature !
Il pousse aussi de douloureux accents.
Ne crains-tu pas d'outrager la nature,
En restant sourd à ces cris déchirants ?

Autour de toi, vois voltiger sa mère,
Pour délivrer le fruit de ses amours.
Comme elle fixe son regard sévère
Sur toi, méchant.... Et tu le tiens toujours!

Si, - comme à lui - quelque bourreau terrible,
Après t'avoir soustrait à tes parents,
Pour s'amuser rendait ta vie horrible
Sans écouter tes longs gémissements;

Le voudrais-tu, dis? N'est-il pas de même?
Il ressent bien, comme toi, la douleur ;
Au nom si cher, d'une mère qui t'aime,
Je t'en prie, oh! laisse attendrir ton cœur.

Relâche-le! Plus tard, sous le feuillage
Des bois voisins ou caché dans les champs,
Comme il viendra par son joyeux ramage,
Te réjouir et répondre à tes chants.

XXXIX

Enfants, le jour viendra que vous serez des hommes,
Ayant vu vos beaux jours bien vite se flétrir ;
Et ballottés, errants, sur la terre où nous sommes,
Vous aurez à lutter, vous aurez à souffrir !

Comme à travers la nuit, perce l'aube étoilée,
Comme au fond d'un ciel gris, luit l'étoile du soir,
De même alors perdus dans la sombre mêlée,
Ayez l'amour pour lampe, et pour flambeau l'espoir !

XL

SUR LA MONTAGNE

C'était un jour d'été : la nature riante
Étalait à nos yeux sa parure brillante ;
Dans les bosquets en fleur, gazouillaient les oiseaux ;
Des champs, des prés, des bois, et des airs et des eaux,
Mille voix, mille bruits, comme autant d'harmonies,
S'élevaient vers le ciel en douceurs infinies,
Concert doux et charmant, hymne que dans ce jour,
L'univers adressait à Dieu, suprême amour.
La beauté du matin, la fraîcheur de l'aurore,
Le souffle du zéphir faible et si doux encore,
Les rayons du soleil empourprant l'horizon,
Illuminant les monts et dorant le gazon,

Les superbes coteaux, les charmantes vallées,
D'où montaient mille voix l'une à l'autre mêlées,
Chant de joie et d'espoir, chant de vie et d'amour
Qui toujours recommence et finit tour à tour,
Musique tendre et pure, harmonieuse et belle,
Féconde en doux accords, vieille et toujours nouvelle,
Tels étaient les attraits empreints de volupté
Qui s'offraient aux regards en ce jour enchanté,
Chaque bruit, chaque souffle était une caresse,
Autour de nous, en nous, tout versait une ivresse !

*
* *

Je m'étais ce jour-là levé de grand matin,
Seul, j'errais au hasard, et, d'un pas incertain,
J'avançais lentement rêveur sous les grands chênes,
Aspirant le parfum de toutes ces haleines,
Ayant la paix dans l'âme et l'amour dans le cœur,
Et joyeux m'enivrant d'extase et de bonheur :
Ce n'était de partout bruyant à mes oreilles
Qu'un chœur charmant d'oiseaux, qu'un murmure d'abeilles,
Que dominait encor le bruit des clairs ruisseaux,
Dans leurs profonds ravins roulant leurs pures eaux.
Parfois un vent aussi doux et frais qu'une haleine
Passait : son léger souffle, en agitant la plaine,

Rafraichissait les champs et donnait une voix
Aux herbes de nos prés, aux arbres de nos bois.
En m'avançant toujours à travers la campagne,
J'arrivai tout à coup au pied d'une montagne.
Jusques à son sommet je grimpai lentement.
L'horizon s'étendait de moment en moment.
Au-dessous je laissai la nature animée
D'où montaient maintenant de longs flots de fumée.
Au bout d'un certain temps j'atteignis le plateau.
Je pus jouir alors d'un spectacle bien beau :
Mon regard, devant qui s'effaçait la distance,
Embrassait à la fois tout un espace immense.
Où se mouvaient coteaux et bois, plaines et monts,
Où, comme un ruban vert, s'étalaient les vallons ;
Ensuite, par delà ces amas de collines
Projetant l'ombre au loin sur les plaines voisines,
Se dressaient sur l'azur ces énormes géants,
Les Alpes, aux sommets dorés, étincelants,
S'élevant en cachant sur leurs flancs leurs abîmes,
Confondant fièrement avec le ciel leurs cimes,
Puis enfin se jouaient à travers un ciel pur,
De longs flots de lumière avec des flots d'azur !

*
* *

De la terre, de l'air, de l'immense étendue,
Tout me laissait sa trace en flottant à ma vue.

De ce gouffre infini d'éternelle clarté,
Tout me parlait d'amour, de paix, d'éternité,
Et mon esprit prenant une large envergure,
S'élevait jusqu'à Dieu par-dessus la nature !
Mais tandis que mon âme en ses accents pieux
Se mêlait aux accords puissants, harmonieux,
Qu'aux espaces d'azur, aux aubes étoilées
Les échos — à travers des clartés non voilées —
S'en vont répercutant sans répit et sans fin
— Eternel chant d'amour de l'éternel hymen —
J'entendis tout à coup — faible et confus mélange
De voix, de cris, de bruit — une rumeur étrange
S'élever des vallons et venir jusqu'à moi.
C'étaient des cris amers de colère et d'effroi,
Et mille flots impurs de douleur et de haine,
Qui montaient en grondant de la surface humaine.

*
* *

L'injustice et l'orgueil, ces deux cruelles sœurs,
Semant le deuil, hélas ! au fond de bien des cœurs,
La misère, en haillons, râlant sous l'opulence ;
Le vice, serpent vil, bavant sur l'innocence ;
L'enfant, à l'atelier, livré dès le berceau,
S'étiolant faute d'air, comme en cage l'oiseau ;

La foule, ayant parfois des appétits immenses,
Trouvant le désespoir au bout de ses démences;
Le juge, trop souvent cela se voit encor,
Désertant son devoir par l'appât d'un peu d'or ;
L'illusion qui fuit comme l'éclair, chimère,
Laissant toujours au cœur une blessure amère;
Les faibles, les petits, tous les déshérités,
Par les heureux du monde, hélas ! foulés aux pieds ;
En plein jour, devant tous, ces marchés plus qu'infâmes,
Où l'on expose à vendre à prix d'or quoi ? — des femmes !
— Trafic affreux et vil, chose honteuse, hélas !
Que de rouler l'objet le plus saint d'ici bas,
Au fond d'un lit souillé par la boue et la fange,
Au lieu de lui laisser la pureté de l'ange ! —
Le riche fredonnant un chant d'un air moqueur;
Le doute, vent brûlant, qui dessèche le cœur,
Et les râles affreux que pousse l'indigence
Sans un morceau de pain, sans un mot d'espérance,
De notre humanité, voilà le souffle impur
Qui sans cesse s'élève aux clartés de l'azur ;
Et de tous les bas-fonds de la terre où nous sommes,
Voilà ce qui montait du murmure des hommes !

⁂

Pendant que d'ici-bas, ce monde, affreux enfer,
Lançait sa note triste aux clartés de l'éther,

Que d'ignobles rumeurs montaient des gémonies,
De cette terre impure aux saintes harmonies,
Je m'étais assis triste, et pensif, et rêveur,
Me demandant : « Pourquoi le mal et la douleur,
Ces deux hôtes cruels de la nature humaine,
Qui font de tout Eden toujours une géhenne ? »

*
* *

Hélas ! dans les azurs sans borne et sans milieu,
Cet être illimité que l'on appelle Dieu,
Saint et bon, grand et pur, souveraine justice,
Ferait-il dans ses plans, malheur, crime et supplice,
Entrer tout comme agents d'où naîtrait la clarté,
La vérité, l'amour, l'éternelle bonté ?

*
* *

Peut-être. Et seul, debout devant tout ce qui passe,
Immobile au-delà du temps et de l'espace,
Embrassant d'un regard, jusqu'en leurs profondeurs,
Tous les replis des cieux, tous les secrets des cœurs,

Laisse-t-il bien souvent, l'orgueil régner en maître,
L'injustice trôner, et le mal se commettre,
Mais en se réservant, et le jour et l'endroit,
Pour punir le coupable, et pour venger le droit.

∴

Conservons donc toujours au cœur une espérance ;
Fiers, calmes et sereins, supportons la souffrance ;
Pour toute vérité, luttons avec ardeur,
Livrons combat au vice, et bataille à l'erreur,
Debout, fermes, ayant cette toute-puissance,
Cette voix qui toujours soutient : la conscience,
Lorsque, même au milieu de la nuit sans rien voir,
Suivant le droit chemin, l'on va droit au devoir.

∴

Surtout rappelons-nous que l'infini recèle
Une aube qui partout est toujours éternelle ;
Que le Dieu saint et vrai ne trompe ni ne ment ;
Et qu'un œil reste ouvert au fond du firmament.

XLI

ÉCRIT SUR UN ALBUM

Dans ce monde, toujours, la trompeuse espérance
Flotte à notre regard sans se laisser saisir,
Dans ce monde, toujours, la cruelle souffrance
Détruit l'illusion et trouble le plaisir.

Vals, 30 juillet 1882.

XLII

A UNE JEUNE FILLE

O vierge, oh ! ne va pas t'égarer dans la foule !
La foule est une mer, brisant ce qu'elle roule,
D'où sortent sans cesser de chacun de ses flots,
De lamentables cris, de lugubres sanglots !
Hélas ! Et tu perdrais sous son écume amère,
Et le droit d'être épouse et celui d'être mère ;
Et sous le choc affreux de son contact impur,
Dans son air étouffant qui n'a jamais d'azur,
Pour prix de ton amour, tu trouverais la haine,
Et ton ciel disparu, ce serait la géhenne !
C'est moi qui te le dis, ô vierge, oh ! ne va pas
Récolter le mépris sous chacun de ses pas !
Sur ce monde plutôt reste l'ange qui plane,
Et deviens d'ange, épouse, et non pas courtisane !

*
* *

Car le cœur de la femme est un gouffre profond,
Où l'on plonge en tous sens sans en trouver le fond,
Un labyrinthe obscur rempli de tourbe impure,
Qui salit des jets vils de son éclaboussure,
Tout ce qui vient se prendre à son appât trompeur,
Un aimant infernal à la fois ronce et fleur,
Quand une fois sa vie a roulé dans la fange,
Et qu'elle a, pour de l'or, vendu sa pudeur d'ange !

Ajoux 1881.

XLIII

SONNET

A VICTOR HUGO

Aussi profond que Dante, aussi puissant qu'Homère,
Mais étant bien plus qu'eux un ange de douceur,
Et sentant sous ton sein battre un généreux cœur,
Tu nous montres que l'art n'est pas une chimère.

Tu sondes jusqu'au fond la destinée amère,
Et ton génie épris de sublime grandeur,
Veut pour tous la justice et pour tous le bonheur,
O superbe géant, aussi bon qu'une mère !

L'on verra ton beau nom rayonner dans l'histoire,
L'avenir, plus heureux, bénira ta mémoire,
Car, blanchissant la nuit, tu fais grandir le jour.

Et tu sais, de tout homme, adoucir les blessures,
Cicatriser du mal les profondes morsures,
Et noyer d'ici-bas la haine dans l'amour !

1er Janvier 1881.

XLIV

AMOUR ET SACRIFICE

Quand parfois mon regard sonde la mer humaine,
Et qu'il la voit souiller les choses qu'elle traine ;
Lorsque j'entends sortir de cet enfer sans fond,
D'effrayantes clameurs, un grondement profond ;
Quand je vois, quoi ? La haine ayant le deuil pour suite,
Le vice triomphant et la vertu détruite,
Et la femme flétrie et l'innocence en pleurs,
Et le vieillard ployant sous le faix des douleurs,
Sans qu'une voix, jamais, calme ses glas funèbres;
Quand pas une lueur n'éclaire nos ténèbres ;
Quand tout le genre humain en souffrance se tord,
Et râle agonisant sous la dent de la mort ;

Quand le riche avili sous l'étreinte du vice,
Donne cent mille francs pour payer un caprice,
Tandis qu'à ses côtés l'on souffre et meurt de faim ;
Quand beaucoup d'opprimés maudissent leur destin ;
Quand des femmes – vendant leurs douceurs de tigresse —
Creusent une morsure avec chaque caresse ;
Quand un tas d'intrigants, gorgés d'honneurs et d'or,
Ont le cœur aussi dur et froid que leur trésor :
Alors me détournant de cette tourbe immonde,
Je me sens pris soudain d'une pitié profonde !

*
* *

Puis je dis : Il est bon, ô ciel, de s'attendrir
Et de verser des pleurs sur ceux qu'on voit souffrir,
Compatir aux malheurs d'autrui, c'est chose sainte ;
Mais l'on doit faire plus : Pour briser cette étreinte,
Le mal, il faut lutter, lutter, lutter encor,
Et défendre le bien, même au prix de la mort,
Car pour faire ici-bas triompher la justice,
L'amour ne suffit pas : Il faut le sacrifice.

Ajoux 1881.

XLV

L'HOMME QUI FAIT SON DEVOIR

Il recherche le bien, il veut le grand, le beau,
Il veut sur, les humains, faire luire un flambeau
D'amour, de vérité, de paix et de clémence ;
Il veut qu'au désespoir succède l'espérance ;
Il veut ici pour tous un meilleur avenir ;
Il veut que l'on pardonne, au lieu de tant punir ;
Afin que l'homme soit grand, il veut qu'il soit libre ;
Il veut qu'ici tout s'aime et que tout s'équilibre ;

Il s'afflige de voir l'homme chargé de fers ;
Il voudrait voir gravés au front de l'univers,
Ces mots divins et beaux, ces mots doux et sublimes :
Paix et Fraternité, brillant comme des cimes !

* * *

Dans ce monde où courbé sous d'incessants labeurs,
Le peuple n'a pour prix que du sang et des pleurs,
Il cherche à rendre doux le sort du misérable,
Il console la veuve, il plaint l'homme coupable,
Il secourt l'opprimé, protège l'orphelin,
Aux hommes affamés donne un morceau de pain,
Le proscrit malheureux rend son âme attendrie,
A ses tyrans, il dit : Rendez-lui sa patrie,
Rendez-lui son ciel bleu, rendez-lui ses amours,
Oh ! ne le laissez pas au loin souffrir toujours.
Aux riches, il leur montre au milieu des misères
Les pauvres, et leur dit : « Voyez, ce sont vos frères,
Faites cesser leurs cris, faites cesser leurs pleurs,
Rendez-les à la vie en calmant leurs douleurs. »
Il prêche la concorde, il prêche la clémence,
Et fait entendre à tous ce doux mot : Espérance !

*
* *

Dans son cœur n'est jamais entré de désespoir ;
En faisant ce qu'il peut, il a fait son devoir ;
Sa belle âme n'est pas de remords poursuivie ;
Calme, serein et fier, il traverse la vie ;
L'épreuve peut venir ! le malheur peut venir !
Rien ne lui peut jamais obscurcir l'avenir :
Derrière la nuit sombre et derrière l'abîme,
Il voit briller le ciel comme palement sublime !

XLVI

A M. X..., Publiciste

Quand l'homme a consacré sa vie à la justice,
A défendre le droit, à démasquer le vice,
A faire faire un pas au progrès éternel ;
Quand il a bravement — affrontant les colères —
Lutté sans se lasser, malgré les vents contraires,
A la face du ciel !

Quand il a, sans souci des clameurs du vulgaire,
Dévoilé les abus et déclaré la guerre,
A tous les préjugés infâmes d'autrefois ;
Quand il a signalé la haine et l'ignorance,
Comme deux noires sœurs enfantant la souffrance,
Rugissant à la fois !

Quand il a de sa voix et forte et courroucée
— Messagère lançant le dard de sa pensée —
Fustigé sans pitié tous les puissants du jour,
Tous ces vils intrigants, tarés, blasés, sceptiques,
Qui ne croient plus à rien, mais baisent des reliques,
Et marchandent l'amour !

Quand il a pris parti pour l'enfant et la femme,
Dont on détruit le corps, dont on torture l'âme,
En les plongeant au fond d'un abject atelier,
Voulant pour l'un les jeux au grand air et l'école,
Pour l'autre — de l'amour ce gracieux symbole —
Une place au foyer !

Sans trêve ni repos, il peut alors s'attendre
A voir vomir sur lui l'insulte, et puis entendre
Du milieu des clameurs sortir ce sombre cri :
« Anathème au maudit ! mépris, mépris au lâche !
Qu'on lui crache à la face, et qu'ensuite on l'attache
Vivant au pilori ! »

Voilà ce que toujours rencontre sur sa route
L'homme bon, généreux, et juste qui n'écoute
Nulle autre voix jamais que la voix du devoir,
Et qui prête un appui fidèle à l'innocence,
Et qui voudrait fermer la vie à la souffrance,
Et dit à tous espoir !

Vous, vous êtes cet homme; et déjà les morsures
D'un vil tas d'intrigants, vous ont fait des blessures,
Dont a saigné pendant bien longtemps votre cœur,
Et vous avez pu voir qu'on crie au sacrilège,
Si peu qu'on veuille, hélas ! toucher au privilège,
Ou sourire au malheur !

N'importe, poursuivez, redoublez de courage ;
Vous n'êtes pas de ceux que peut salir l'outrage,
Ni qu'abat quelquefois un triste souvenir ;
Rien en vous ne trahit la conscience auguste ;
Luttez, mais soyez droit, frappez, mais soyez juste,
Eclairez l'avenir !

Vous avez tout quitté pour défendre un principe,
C'est bien, c'est noble et beau : toute erreur se dissipe
Devant la volonté ferme d'un bien grand cœur
Cherchez à rétablir ici-bas l'équilibre,
A rendre l'homme heureux, la conscience libre,
A calmer la douleur !

Sans doute quelquefois s'il est seul sur sa route,
L'homme inquiet s'arrête, et puis tremble, et puis doute ;
Son regard vainement, consulte l'horizon ;
Son esprit obscurci se trouble et semble craindre ;
Et son but est si loin qu'il dit : « Puis-je l'atteindre ? »
Une voix répond : « Non ! »

Heureux, trois fois heureux, alors s'il sait comprendre
L'enseignement sacré que Dieu lui fait entendre
Dans ces mots ténébreux, qu'entoure un noir linceul,
Qui traversent comme un sinistre éclair les âges,
Et qui pleins de conseils, sont si gros de présages :
« Malheur à l'homme seul ! ! »

*
* *

Il faut l'aube au matin, la rosée à l'aurore,
A la fleur un rayon du soleil pour éclore,
Le cygne au lac d'azur, l'éther limpide au ciel,
Et le bien doux sourire à la bouche vermeille,
Et le suc odorant de la fleur à l'abeille,
Pour son rayon de miel !

Il faut au firmament ses nombreuses étoiles
Scintillant dans un ciel transparent et sans voiles,
Aux flots pour se jouer le superbe Océan,
Au printemps les zéphirs et les parfums des roses
Qu'on trouve à chaque pas toutes fraîches écloses,
A l'ange un front riant !

Quand vient le mois d'avril il faut à la nature,
Pour tapisser ses champs des touffes de verdure,
Au désert l'oasis, et la lumière au jour,
Au foyer de l'enfant le tendre et gai sourire,
Au poète rêveur les accents d'une lyre,
A nos âmes l'amour !

Oh ! l'amour, c'est la clef entr'ouvrant le mystère,
C'est un coin du ciel bleu qui descend sur la terre,
C'est un rayon divin d'où jaillit le bonheur,
Et qui, portant l'extase à notre âme ravie,
Fond et mêle deux vies en une seule vie,
Et deux cœurs en un cœur !

Oh ! je plains, oui je plains la triste destinée
De celui dont la vie, année après année,
S'écoule vide et froide étrangère pour tous,
Et qui passe ses jours au fond d'un seuil bien sombre,
Sans qu'un rayon jamais ne vienne éclairer l'ombre,
Seul au milieu de nous !

Et qui — dans ce désert, qu'on nomme l'existence
Où chaque illusion enfante une souffrance,
Où l'erreur, noir brouillard, voile la vérité,
Où la lutte est pénible, où le rire est étrange —
Ne voit jamais, jamais une figure d'ange
Sourire à son côté !

Car, voyez-vous, quand l'homme a passé sa journée
A supporter le poids lourd de la destinée,
Qu'il est las de lutter, fatigué de souffrir,
Pour lui verser l'oubli de ses peines passées,
Pour dérider son front, rassénir ses pensées,
Pour ses larmes tarir,

Il faut à son foyer, pour retremper son âme,
Cet être gracieux qu'on appelle une femme,
Vase plein d'un nectar bien doux, qui chaque jour,
Sans s'épuiser jamais, goutte à goutte se donne ;
Bel ange qui sourit, qui soutient, qui pardonne,
Gouffre sans fond d'amour !

Vous, vous l'avez compris. Sur cette plage aride,
Où le progrès se fait, mais où le cœur se vide,
Désormais, vous aurez sans cesse auprès de vous,
Une tendre compagne, une fidèle amie,
Et vous pourrez gravir les sentiers de la vie,

Ajoux, 9 avril 1884.

XLVII

SONNET A LAMARTINE

La poésie était dans ses liens mourante,
En vain, à l'agonie, elle luttait encor,
L'art classique râlait sous son dernier effort,
La pauvre Muse en deuil se cachait expirante.

Tu parus : aussitôt ta parole vibrante
Revint donner à l'art un merveilleux essor,
Loin des sentiers battus un nouvel âge d'or,
S'ouvrit aux beaux accents de ta voix enivrante

Nul ne fut comme toi — nature douce et fière –
Tant épris d'idéal durant sa vie entière,
Aigle et cygne à la fois, tu planais dans les ciei

Aussi quand tu finis ta brillante carrière,
Derrière toi laissant un sillon de lumière,
Une larme soudain roula de tous les yeux !

Ajoux, février 1

XLVIII

SONNET A M. X..,
A l'occasion de son mariage

Quittez pour aujourd'hui, quittez la plage aride,
Où sans faiblir jamais vous luttez plein d'ardeur,
Quittez pour aujourd'hui ce froid champ de labeur,
Où le progrès se fait mais où le cœur se vide !

Retrempez dans l'hymen — cet Océan limpide —
Qui dans ses flots sereins sait noyer la douleur,
Votre âme. Et plongez-vous tout entier au bonheur !
Le bonheur veut des fronts qui n'aient pas une ride.

Demain vous reprendrez la lutte, lutte ardente,
D'où toute liberté doit sortir frémissante,
Et vous serez plus fort, tout en étant plus doux.

Car pour porter le poids bien lourd de l'existence,
Pour combattre l'erreur, pour vaincre la souffrance,
Vous aurez désormais un ange auprès de vous !

10 Avril, 1884.

XLIX

CE MATIN

Hier le temps était beau, ce matin il est sombre,
Les cieux nous sont voilés par des brouillards sans nombre,
On dirait la nature en deuil et tout en pleurs ;
Dans les champs, dans les bois, restent closes les fleurs,
Et le ruisseau voisin, à nos yeux ne reflète,
Qu'un immense amas d'ombre, étrange silhouette ;
Le jeune oiseau lui-même, en accords si touchants,
Ne pousse plus au ciel ses harmonieux chants,
Et les bois d'alentour, agités par la bise,
— Murmurante rumeur, vague et sombre devise —

Nous font entendre un bruit plaintif et gémissant,
Qu'on se sent malgré soi tout triste et frémissant.

*
* *

L'homme a parfois aussi de ces moments bien sombres,
Où devant ses regards passent de froides ombres :
La tristesse et l'ennui, les maux et la douleur,
Sont autant de frimas qui lui glacent le cœur,
Obscurcissent sa vie, et — profondes ténèbres —
Laissent à son esprit mille traces funèbres.

L

HAINE ET AMOUR

L'agent le plus actif du mal, oh ! c'est la haine !
La haine, ce poison, qui de la foule humaine,
Coule à pleins bords, souillant et flétrissant le cœur,
La haine, ce démon, d'infamie et d'horreur,
Ayant l'œil teint de sang, ayant la face blême,
Qui demande vengeance et vomit le blasphème,
La haine sur ses pas traînant d'ignobles fers,
Et peuplant de damnés sinistres les enfers !

∴

Si l'homme quel qu'il soit, connaissait le langage,
De l'abîme maudit d'où monte tant de rage :
— De ce gouffre profond, de ces brûlantes pleurs,
De ce vaste Océan tout rempli de douleurs,

De ces rumeurs sans fin, et de ces glas funèbres,
Montant et nuit et jour du fond de ces ténèbres,
De ce chaos rempli d'hommes infortunés,
A des tourments sans nom pour toujours condamnés,
Il entendrait sortir ce cri sombre : « O Géhenne,
Ce qui creuse ton puits infernal c'est la haine ! »

* * *

Hélas ! comment lutter contre cet ennemi
Qui tient le genre humain, râlant, mort à demi,
Dans cette mer sans fond d'insondable souffrance,
Où ne descend jamais un rayon d'espérance !
Depuis les premiers jours, jusques à maintenant,
Quelques hommes au front superbe et rayonnant
Ont toujours combattu pour briser cette chaîne,
Qui sous ses lourds anneaux garotte l'âme humaine,
Essayant d'apaiser tous les sombres courroux,
A force d'être bons, à force d'être doux ;
Mais leurs efforts n'ont pu combler le précipice,
Où s'entasse la haine où sombre la justice ;
Et jusqu'ici le mal au sourire moqueur,
Est toujours demeuré contre eux tous le vainqueur ;
Et la voix la plus forte est toujours pour maudire ;
Sur son infâme croix, le Christ toujours expire ;
Malgré le sang versé pour le bien malgré tout,
Abel gît terrassé, Caïn seul est debout !

*
* *

Devant les insuccès de cette étrange lutte,
Où notre humanité roule de chute en chute,
Faut-il désespérer, ô penseurs ! certes non !
Malgré les flots impurs des colères sans nom,
Qui viendront vous couvrir de leur vague écumeuse,
Malgré la bave abjecte, impure et venimeuse,
Que lanceront sur vous tous ces reptiles noirs,
Qui rampent sur l'amas des sombres désespoirs ;
Malgré les grondements et les rumeurs étranges
Qui monteront vers vous : — Fouillez toutes les fanges !
Oui, fiers soldats du droit, superbes, dressez-vous,
Combattez et mourez sans ployer les genoux !
Et — saint et pur foyer — que de votre prunelle
Sorte en rayons ardents la lumière éternelle !

*
* *

Au milieu des lueurs fauves, du sombre bruit
Des marteaux infernaux, qui frappent dans la nuit
Leurs redoutables coups sur cette enclume : l'homme ;
Il ne peut être dit que le mal se consomme,

Sans que quelqu'un se dresse un éclair dans les yeux,
Sans qu'une voix proteste en présence des cieux !

* * *

Poètes, ô lutteurs, cette voix c'est la vôtre,
Voix qui panse et guérit ce que déchire l'autre,
Voix qui sans se lasser prêche, jour après jour,
La concorde et la paix, la justice et l'amour !

* * *

L'amour surtout, penseurs, répandez-le sans cesse
Sur tous les cœurs meurtris que la douleur oppresse,
Sur tous ceux que ce ver, le mal, tient torturés,
Qui râlent sous sa dent, tristes, désespérés,
Au milieu d'une nuit bien sombre, où rien ne brille,
Quels qu'ils soient, blanc vieillard, jeune enfant, mère, [ou fille ;
Répandez-le sur ceux qui sont foulés aux pieds,
Accablés de mépris, ayant droit aux pitiés ;
Sur ceux que tient étreints dans ses serres le vice,
Qui descendent la pente affreuse où l'homme glisse
Dans l'abîme entr'ouvert tout béant sous ses pas,
Lieu fatal et maudit d'où l'on ne revient pas
Sans avoir sur le cœur une blessure affreuse,
Qui, loin de s'effacer, jour après jour se creuse ;
Sur le vieillard lubrique ou le riche énervé,
Qui ne sachant que faire errants sur le pavé,

Vont se perdre en perdant tout ce qui les entoure ;
Sur tout homme blasé dont l'âme ne savoure
Plus rien, et dont les champs, les bois, les mers, les cieux
Sont muets pour le cœur et fermés pour les yeux ;
Sur cet être éhonté, la folle courtisane,
Qui tout en se donnant de faux airs de sultane,
Promène son regard insolent et moqueur
Sur la foule, étalant à tous son déshonneur,
Et tellement souillée et de boue et de fange,
Qu'on chercherait en vain, sous cette forme étrange,
Un reste de rayon céleste et matinal,
Qui dorait autrefois son beau front virginal ;
Sur le pauvre qui lutte et qui souffre et qui pleure,
Sur l'orphelin sans pain, sans amis, sans demeure ;
Sur l'homme triste et seul qui pour gagner le ciel
Se condamna bien jeune au veuvage éternel,
Et qui se voit forcé de devenir parjure,
Pour s'être en vain voulu soustraire à la nature ;
Sur la femme encor jeune et que rend triste un deuil ;
Sur l'homme qui descend lentement au cercueil ;
Sur cette pauvre enfant, humble vierge voilée,
Qui sur la dalle pleure et prie agenouillée,
Vivante ensevelie au fond d'un sombre lieu,
Qu'on nomme un cloître, afin de mieux servir son Dieu,
Qui sent la sécheresse envahir sa jeune âme,
Que jamais ne vient plus rafraîchir nulle flamme,

Que n'illumine pas ce rayon réchauffant,
Qui rend gais le foyer et le cœur, un enfant ;
Sur l'humble paysan qu'un dur labeur enchaîne,
Qui blanchit avant l'âge en ployant sous la peine,
Mais dont les bras nerveux et les calleuses mains,
En remuant le sol nourrissent les humains ;
Sur le Juif exécré ; sur l'intrigant avide,
Dont le coffre est rempli, mais dont le cœur est vide ;
Sur le marchand debout, du matin jusqu'au soir,
— Comme un soldat au poste — auprès de son comptoir,
Et qui n'a d'autre but, et qui n'a d'autre rêve,
Que de voir s'entasser l'or que sa main soulève ;
Sur l'orgueilleux maudit ; sur le lâche oppresseur
Qui s'élève en semant la crainte et la terreur,
Et qui, pour arriver, foule aux pieds ses victimes,
Se faisant un tremplin de chacun de ses crimes ;
Sur le plus vil tyran ; sur le forçat enfin,
Qui blasphème au cachot, et maudit le destin !

II

Comme le beau jour sa lumière,
La nuit sa sérénité fière,
L'étoile sa douce lueur ;
Comme au matin dans chaque plaine,
La brise sa bien douce haleine,
Comme l'aurore sa fraîcheur ;

Comme le gai printemps ses roses
Qu'on trouve à chaque pas écloses,
Comme le soleil ses rayons ;
Comme la prodigue nature,
Ses touffes de fleur de verdure,
Ses odorants et frais gazons !

Comme la mer, large et profonde,
Le flux et reflux de son onde ;
Comme l'éther ses flots d'azur ;
Comme l'infini ses étoiles,
Scintillant sans cesse et sans voiles
Au fond d'un ciel limpide et pur !

Comme l'enfant son doux sourire,
La vierge son timide rire,
L'ar-en-ciel ses riches couleurs ;
Comme ayant au cœur l'espérance,
La mère sa tendresse immense ;
Comme le lis ses blanches fleurs !

Comme Dieu puissance infinie,
Ses éternels flots d'harmonie
A travers les orbes sans fin ;
Comme le ruisseau ses cascades,
Et le rossignol ses roulades
D'accords le soir et le matin ;

Comme à faire plier nos granges,
L'automne ses fruits, ses vendanges;
Comme l'été ses gerbes d'or :
O poëtes, hommes sublimes,
Sur les bas fonds et sur les cimes,
Répandez l'amour, ce trésor !

III

Quand un plus chaud rayon la dore,
La fleur se presse plus d'éclore,
L'oiseau chante mieux au printémps ;
Et la colombe gracieuse
Roucoule mieux, est plus heureuse,
Quand les cieux sont plus éclatants !

Quand un bien doux souffle l'entraîne,
La petite barque incertaine
Vogue bien mieux au sein des eaux,
Alors lentement elle avance,
Fendant gaîment la mer immense,
Au doux balancement des flots.

Quand luit la fraîche et douce aurore,
L'onde est plus claire et plus sonore,
L'air est plus pur, le ciel plus beau ;
Et lorsque tes champs, ô nature,
Se couvrent de fleurs, de verdure,
C'est un bien plus riant tableau !

Quand sur le soir souffle la brise,
Et que la lune aux cieux assise
Se mire au pur cristal des eaux,
Bien plus douce est la fraîche haleine
Qui nous arrive de la plaine,
Frôlant mollement les roseaux !

Quand luit l'étoile radieuse,
Pendant la nuit silencieuse,
Plus pur est le bruit du ruisseau ;
Et lorsque — ô voix tendre et touchante —
L'heureuse mère en veillant chante,
L'enfant dort mieux dans son berceau !

De même aussi la destinée,
Fleur hélas ! bien vite fanée
Sous le souffle de l'aquilon,
Voit de son ciel et triste et sombre
Se dissiper le voile d'ombre,
Quand l'amour lui darde un rayon !

IV

Oh ! l'amour c'est le grand dictame,
C'est le pain merveilleux de l'âme,
C'est le breuvage de tout cœur ;
Et cette onde qui désaltère
Rend plus douce la vie amère,
Et plus radieux le bonheur !

LI

Sans te laisser jamais, roule, haine implacable,
Tes flots aussi nombreux que les flots de la mer ;
Oui, va, — tout en creusant ton abîme insondable —
Poursuis sans le cesser ton infernal concert !

Tes vagues en courroux n'assaillent pas mon âme,
— Mon âme, ce lac pur, qui brille aux feux du jour !
Et ton sinistre bruit, reptile, monstre infâme,
Ne trouble pas mon cœur, — mon cœur brûlant d'amour !

Ajoux, 31 mars 1884.

LII

Pendant les nuits d'été, quand le ciel est superbe,
Que des milliers de feux brillent au firmament,
Que tout rayonne en haut : — souvent à ce moment
De monstrueux serpents rampent cachés sous l'herbe !

LIII

AUX MINISTRES DE L'ÉVANGILE

Ministres du Seigneur, prêtres de l'Evangile,
Comme autrefois le Christ, prêchez jour après jour,
Qu'il ne reste ici-bas, où tout est vain, fragile,
Qu'un seul flambeau, l'espoir et qu'un seul bien, l'amour !

Tenez-vous renfermés au fond du sanctuaire,
Aux clameurs des partis, ne mêlez pas vos voix,
Et pour répandre à flots l'aumône et la prière,
N'ayez entre les mains qu'un étendard, la croix.

Ajoux, le 22 octobre 1884.

LIV

OH ! PLAIGNONS-LA

Surtout, ne la maudissons pas !

Quand parfois nous voyons se vautrer dans la fange,
Une femme qui fut autrefois presque un ange,
Osant, ô honte, hélas ! devant tous en plein jour,
Vendre, sans en rougir, au plus offrant l'amour,
Et puis se traîner vile et se rouler abjecte,
Jetant — comme la mer jette l'écume infecte —
Derrière des flots de boue à chaque pas,
Oh ! plaignons-la, surtout, ne la maudissons pas !
Oui, de grâce, pitié, pitié pour cette femme,
Qui mène en ricanant une existence infâme !

— Mais pour celui qui prit, à cette enfant, l'honneur,
Et qui lui perdit l'âme, en lui souillant le cœur;
Qui la fit, à prix d'or, tomber au précipice,
Où grouillent en rampant les victimes du vice;
Pour cet affreux bandit au sourire moqueur,
Blasé, taré, sceptique, homme inique et sans cœur,
Se faisant un jouet de flétrir l'innocence,
Qui passe à ses côtés sans guide et sans défense,
Guettant, comme un serpent ignoble et monstrueux,
Sa proie, et la souillant de son venin hideux;
Elargissant encor son horrible morsure,
En lui lançant après et l'insulte et l'injure;
Pour cet être maudit, ce vil empoisonneur,
Qui ne laisse après lui que honte et déshonneur :
N'ayons qu'un froid mépris, et détournant la face,
— Comme on fait d'une ordure, écartons-nous s'il passe !

LV

LA GUERRE

A travers tous les temps, à travers tous les âges,
La guerre a, jusqu'ici, promené ses ravages,
Pillant et détruisant, tuant et brûlant tout,
Eteignant la lumière et jetant à l'égout
Le savoir, afin que dans d'épaisses ténèbres
Restent ensevelis ses jours sombres, funèbres.
Ses rêves sont affreux, et ses éclairs sont noirs;
Derrière elle, à tâtons, marchent les désespoirs:
Le meurtre est son complice, et sa fille est la haine;
Son œil est furieux ; et sa bouche inhumaine
Vomit des traits maudits, acérés, teints de sang,
Qui de l'humanité vont déchirer le flanc;

Les plaintes, les soupirs, la tristesse, les larmes,
Sont ses honteux plaisirs, et ses ignobles charmes;
Ses moments radieux sont les jours de douleur;
Et ses chants de triomphe, oh! sont les cris d'horreur!

*
* *

Les tyrans, ses héros, et les rois ses ministres,
Partagent les lauriers de ses gloires sinistres.
Elle parle : aussitôt attelés à son char,
Le fougueux Alexandre et le hardi César
Parcourent l'univers, et, dans d'étreintes viles,
Etouffent les humains et renversent les villes;
Ici l'on voit fumer les meurtres de Sylla;
Là se trouvent encor les traces d'Attila;
Plus près, Napoléon, en marchant sur des tombes,
Rêve... et court se vautrer dans d'autres hécatombes.
Partout des cris affreux, des angoisses, la mort,
Les innocents meurtris, frappés des coups du sort;
Partout des malheureux, des orphelins, des veuves,
Des flots de sang coulant et grossissant les fleuves:
Guerre attroce, voilà le mal que tu nous fais,
Voilà ton œuvre infâme, et voilà tes forfaits,
Vils despotes voilà vos trop ignobles crimes;
Et le monde indigné, penche vers les abimes!
Les regards obscurcis ne voient plus le soleil;
Et les fleurs ont besoin d'un chaud rayon vermeil!

*
* *

Dieu clément ! sera-ce pendant longtemps encore
Qu'un nuage sanglant nous cachera l'aurore ?
Les temps de désespoir dureront-ils toujours ?
Est-ce qu'on ne verra jamais de meilleurs jours ?
Et parmi le chaos, la nuit et les décombres,
N'aurons-nous à jamais que de fatales ombres ?
Oh ! si la paix régnait ce serait bien plus beau !
Tout se réchaufferait à ce divin flambeau :
Les peuples n'auraient plus qu'un seul culte, un seul
— Doux idéal du bien que mon regard contemple [temple,
A travers les replis de l'immense avenir,
Qu'il voit poindre d'abord, puis doucement grandir,
Comme un bien beau soleil qui dans la nuit s'élève,
— Et ce monde serait le ciel que l'homme rêve !

*
* *

Mais avant, vomissant et hurlant dans les airs,
Lançant au chaste azur leurs sinistres éclairs,
Après avoir couvé, dans leurs profondes cuves,
L'on verra de nouveau bouillonner les Vésuves !

LVI

BONTÉ, DOUCEUR, AMOUR ET PARDON

N'ayez pas l'esprit prompt à lancer l'anathème !
Oh ! soyez indulgents, soyez bons, soyez doux !
Faites qu'en vous voyant l'homme méchant lui-même
Dise : « Il est plein d'amour et de pardon pour tous ! »

LVII

AUX PUISSANTS DU JOUR

C'est donc bien entendu, leur justice m'accable,
Je suis un orgueilleux mécontent, un coupable,
Pourquoi ? Mais parce que je ne connais pas l'art,
Devant leur front hautain, de baisser le regard,
Et loin de supporter toute injustice basse,
Superbe et fier, toujours je me redresse en face.
Je ne sourcille pas devant leur froid courroux,
Je ne rampe jamais en ployant les genoux,
Et bien loin d'encenser leur engeance hypocrite,
Je dis : leur cœur est faux, et leur esprit, jésuite.
Ah ! je ne sais que trop qu'il en coûte parfois,
D'oser devant le mal élever une voix ;

Qu'il est souvent peu bon, et même téméraire,
De voir souffrir quelqu'un et ne pouvoir se taire ;
Que celui qui ne sait leur faire un peu la cour,
Est toujours l'ennemi des puissants de ce jour.

*
* *

N'importe, rien ne doit, hors de la bonne route.
Nous faire dévier. J'entends, quand je l'écoute,
Une voix qui me dit : « *Fais toujours ton devoir,*
Que le ciel soit serein ou que ciel soit noir. »
Cette voix on la peut suivre avec confiance,
Car c'est la voix de Dieu dans nous, la conscience.

*
* *

D'ailleurs, que pourrais-je craindre sous le ciel bleu,
Moi qui marche en plein jour sous le regard de Dieu ?
Les méchants peuvent bien, plissant leurs fronts revêches,
Tout en m'injuriant lancer sur moi leurs flèches,
Je demeure tranquille, et calme, et me ris d'eux,
Car j'ai, même en souffrant, le secret d'être heureux.
Et puis, sans demander jamais rien à personne,
N'ai-je pas le meilleur des biens que Dieu nous donne :
Un foyer où gazouille un beau groupe d'enfants,
Toujours vifs, toujours gais, et toujours souriants ?

Je ne demande aussi, sous le soleil qui brille,
Qu'un travail quotidien pour nourrir ma famille,
Sachant que rien ne met autant la joie au cœur,
Que lorsqu'on a ses jours remplis par un labeur
Dur, mais saint. Et je dis : Que les grands de ce monde,
— Ayant place au banquet, où toujours tout abonde,
Dans leur désœuvrement, savourant à loisir
Ce mets toujours servi qu'on nomme le plaisir,
Vidant à larges traits, hélas ! jusqu'à la lie,
Le breuvage enivrant dont leur coupe est remplie,
Et malgré tout, n'étant satisfaits qu'à moitié —
Loin de me faire envie, à moi, me font pitié !

* * *

Mais lorsque mon regard plonge dans la géhenne
Que creusent nuit et jour leur orgueil et leur haine,
Et qu'il voit, sous leurs mains impures, tout meurtri,
Tout noirci, tout froissé, tout souillé, tout flétri ;
Lorsque par pur caprice, ou bien pour satisfaire
De viles passions, ils décrètent la guerre,
Osant — Christ voile-toi — devant l'azur des cieux
Faire égorger les gens, comme les loups, entre eux ;
Lorsque n'ayant, hélas ! pour règle que la force,
Ils font subir au droit une cruelle entorse ;

Lorsque leur appétit croissant démesuré,
Afin de l'assouvir, rien ne leur est sacré :
Poussant les malheureux dans un gouffre plein d'ombre
D'où ne puisse monter leur cri lugubre et sombre,
Faisant tomber la femme, abrutissant l'enfant
Par un travail abject, dans l'air plus qu'étouffant,
D'un atelier maudit, qui ressemble une cave;
Quand ils salissent tout de leur immonde bave;
Quand l'œil des innocents de larmes est baigné;
Quand tout souffre et se plaint : Je me sens indigné!
Et je voudrais avoir d'un Hugo le génie,
Et de son vers vengeur la mordante ironie,
Pour transmettre à travers les âges à venir,
De leurs crimes nombreux le triste souvenir;
Et déversant sur eux leur méchanceté noire,
Je les clouerais vivants au poteau de l'histoire!

LVIII

PAUVRE ENFANT !

Elle avait dix-huit ans. Pauvre, hélas ! mais vaillante,
Des misères du monde encor tout ignorante,
Seule dans sa mansarde, au travail jusqu'au soir,
Elle avait l'âme pure, et dans le cœur l'espoir ;
Elle était douce et fière, elle était belle et sage ;
Elle avait l'innocence et la grâce en partage ;
Son regard n'avait point de sourire moqueur ;
Bonne elle était pour tous comme l'est une sœur;
Chaque jour, dès l'aurore, elle était à l'ouvrage,
Fredonnant quelque chant pour doubler son courage ;
Dans son pauvre réduit, nu, mais plus gai qu'ailleurs,
Elle avait deux oiseaux en cage, et quelques fleurs.

Arroser celles-ci de sa main blanche et pure,
Et donner à ceux-là l'abondante pâture,
Était sa tâche après son travail quotidien.
Elle donnait toujours. et ne demandait rien.
Enfant au front d'azur, délicate ouvrière,
Son souffle était parfum, son chant était prière.
Vase pur que de Dieu la main avait rempli,
Fleur d'avril qui n'avait pas encore de pli,
Lis charmant que de loin tout pensif on admire,
Ange dont le bonheur passe dans un sourire,
Elle était, en un mot, l'être charmant et doux
Qu'on craint de regarder, qu'on adore à genoux,
Et qui, dans le ciel gris de notre horizon sombre,
Par son rayonnement chasse et dissipe l'ombre.
Heureuse ! elle l'était. Rien ne troublait son cœur ;
Mais dans l'ombre rôdant, le terrible oiseleur,
Un vil suppôt du mal, afin de la surprendre,
Tendit ses noirs filets : elle s'y laissa prendre,
Pauvre enfant qui croyait — ô naïve candeur —
Que nul ne sait tromper, se fiant à l'honneur
De celui qui la fit — faible et crédule femme —
Rouler dans un abîme où s'engloutit son âme :
Gouffre impur et maudit, où sombrent sans retour
Souvent, hélas ! l'espoir, l'innocence et l'amour !

*
* *

Et maintenant, Seigneur, flétrie et délaissée,
Croupissant dans la boue où le mal l'a poussée,
Devant l'aube sereine, et vers l'azur des cieux
Osant à peine, hélas ! lever ses tristes yeux,
Elle va, chaque jour que le Seigneur lui compte,
Récolter le mépris et dévorer sa honte,
Et le passant lui jette un sourire moqueur,
Qui fait rougir son front, et torture son cœur !

*
* *

Oh ! ne l'insultons pas ! pour elle, pitié, grâce !
Dans ce monde inconstant où tout trompe, où tout passe,
Pauvre être sans défense, hélas ! séduite un jour,
Sans doute, elle tomba : mais à force d'amour !
D'ailleurs, que faudrait-il pour en refaire un ange ?
Un rayon du ciel bleu qui glissât dans sa fange !

*
* *

Mais lui — riche bandit, être lâche et sans cœur,
Riant de la vertu, se jouant de l'honneur,
Dans son désœuvrement, n'ayant rien plus à faire
Que quelque impur caprice, hélas ! à satisfaire ;

Etre blasé, sceptique, être vil immoral,
Désormais insensible à tout, hormis au mal,
Semant le désespoir et lançant le blasphème —
Qu'il soit maudit, maudit comme le vice même !

Octobre 1885.

LIX

A NOS FEMMES

Anges de nos foyers, quand tout éblouissantes
De grâce et fraîcheur ; de beauté, rayonnantes ;
Quand la noble fierté se mêle à la douceur,
Sur votre front serein ruisselant de candeur ;
Lorsque sur votre bouche éclate un joyeux rire ;
Quand sur votre regard erre un bien doux sourire ;
Quand vous apparaissez une auréole au front ;
Quand vous nous ravissez par votre air vif et prompt ;
Quand tout en vous est joie, extase, amour, caresse,
Et qu'à nos sens troublés vous versez une ivresse ;
Quand le front le plus triste et le plus soucieux,
Devant vous se déride, et devient radieux :

Oh ! qu'alors, — ressemblant à ces milliers d'étoiles
Qui font la nuit sereine et l'infini sans voiles,
En semant la clarté dans le bleu firmament —
Vous êtes bien d'ici le grand enivrement !
Sous vos divins attraits jamais rien ne résiste,
Et sans vous, tout serait bien monotone et triste.
Mais vous avez bien mieux à faire que charmer,
Le monde, ô vous nos sœurs, il faut aussi l'aimer ;
Et l'aimer d'un amour ferme, profond, immense !
Aimer, c'est se donner. Puisque la Providence
Vous confia ce rôle aussi puissant que doux
De régner par le cœur, vous vous donnez à tous
Comme épouses d'abord, ensuite comme mères !
Oh ! n'allez pas bercer nos enfants de chimères !
Ne leur enseignez pas, à chercher le bonheur
Dans quelques vains plaisirs, car ce rêve trompeur
Ne saurait réserver, à leur âme asservie,
Que déception triste et dégoût de la vie,
Quand plus tard se heurtant à d'obstacles nombreux,
Ils seraient désarmés, sans force, en face d'eux !
Dans ce monde où le mal tient tout sous son étreinte,
Vous avez à remplir une mission sainte :
Charmer, aimer d'abord, consoler, soutenir,
Ensuite, et puis après modeler l'avenir :
Sans faiblir un instant, voilà la triple tâche
A laquelle il vous faut travailler sans relâche !

Vers l'avenir surtout, femmes tournez les yeux !
Car l'avenir sera difforme ou radieux,
Selon que l'homme aura piétiné dans la fange,
Ou bien qu'il aura su se rapprocher de l'ange !
Comme vous le voyez, grand est votre devoir ;
Mais en ayant la foi, mais en ayant l'espoir,
Et vous armant de force ainsi que de courage,
Vous le saurez remplir. Oh ! dès leur plus bas âge,
Nourrissez vos enfants d'un lait fort, généreux,
Qui, sur la terre libre, et sous l'azur des cieux
Leur rendant le sang pur, fasse enfin d'eux des hommes !

*
* *

Quand tout doute et faiblit dans le siècle où nous som-
Qu'un vain luxe effréné tend à tout amollir, [mes,
Que l'homme court si vite, en rampant, s'avilir,
Et que l'ombre épaissit, et que le jour s'efface,
Et que l'Océan gronde et mugit : Oh ! de grâce,
Du pauvre esquif humain,, femmes, soyez le port !
Puisque le mal grandit, dans un plus grand effort
Sans cesse, étreignez-le !

*
* *

Comme l'informe roche
Sous l'habile ciseau, devient d'abord l'ébauche,

Puis après, de l'ébauche, une statue enfin,
Vous aussi façonnant cet embryon : Demain,
De vague, d'indécis, de vil et de difforme,
Dans vos mains le changeant à chaque instant de forme
Oh ! tachez de le faire apparaître à nos yeux,
Eblouissant et doux, splendide et radieux !
Mais pour cela, sans cesse, oh ! généreuses femmes,
Versez à flots pressés, dans les cœurs, dans les âmes
De nos enfants, encor innocents et joyeux,
Les sentiments qui font tout être vertueux !
Leur apprenant déjà, dès leur plus tendre enfance,
Que rien ne doit jamais fausser la conscience ;
Leur enseignant l'amour, l'honneur, le dévouement,
A croire à la justice, au bien, au Dieu clément,
A protéger le faible ici-bas sans défense,
Et partout, à toute heure, à pardonner l'offense !
Et vous aurez ainsi, femmes, bien mérité,
De nous, de la patrie et de l'humanité !

Ajoux, 30 octobre 1885.

LX

A Clément Faugier

Bien qu'à certains moments l'horizon s'assombrisse,
Bien qu'il ne brille plus qu'une faible lueur,
Bien que l'illusion fuie et s'évanouisse,
Laissant toujours, hélas ! une blessure au cœur !

Bien que tout, ici-bas, sur notre pauvre monde,
Soit passion, mensonge, impure volupté,
Bien que la foule soit perfide comme l'onde,
Bien que tout soit néant, folie, et vanité !

Bien que partout, hélas ! en ricanant, le doute
Jette un voile de deuil sur le sombre destin,
Bien que l'homme inquiet tremble en cherchant sa route
Et n'ose désormais plus écrire : demain !

Vous, dont le cœur si bon, si droit, espère encore,
Croyez à la justice, au bien, à l'avenir :
Sachant qu'à chaque nuit succède enfin l'aurore,
Et que le jour ne peut passer sans revenir !

Ajoux, le 9 Octobre 1885

FIN

TABLE

PORRAUD IMPR. A PRIVAS

www.ingramcontent.com/pod-product-compliance
Ingram Content Group UK Ltd.
Pitfield, Milton Keynes, MK11 3LW, UK
UKHW031843260826
14628UKWH00002B/561

9 782013 384391